故事会
精品系列

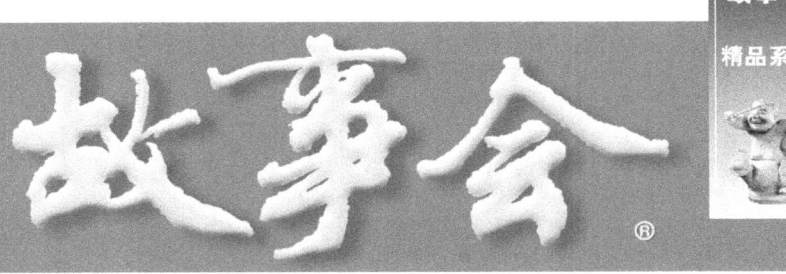

道德故事

I0517142

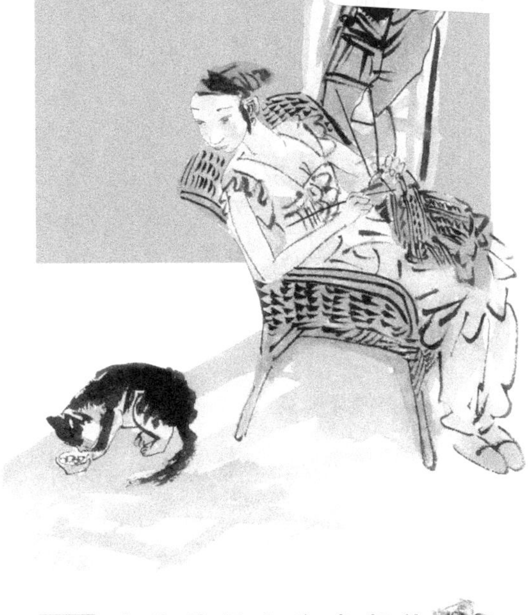

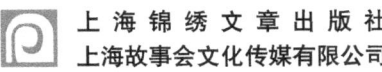 上海锦绣文章出版社
上海故事会文化传媒有限公司

上海文艺出版（集团）有限公司

图书在版编目（CIP）数据

道德故事 《故事会》编辑部编 - 上海：上海锦绣文章出版社
（故事会精品系列） ISBN 978-7-5452-0270-0

Ⅰ．①道…Ⅱ．①故…Ⅲ．①故事 作品集 中国 当代 Ⅳ .I247.8

中国版本图书馆 CIP 数据核字 (2009) 第 028894 号

丛 书 名：故事会精品系列

书　　 名：道德故事

主　　 编：何承伟

编　　 委：何承伟　 吴　伦　 姚自豪　 夏一鸣

责任编辑：刘迎曦　 鲍　放

装帧设计：王　伟

责任督印：张　凯

出　　　　 版：　上海锦绣文章出版社

　　　　　　　 上海故事会文化传媒有限公司

POD 海外发行：　中国图书进出口上海公司

　　　　　　　 电话：021-36357888

　　　　　　　 传真：021-36357896

　　　　　　　 地址：上海市虹口区广中路 88 号

　　　　　　　 邮编：200083

海外 POD 发行版本　　　　　　　　　　　　　　

STORIES

上海故事会文化传媒有限公司 出品（00246） www.storychina.cn

目　　录

清白做人

诚信为上

与人为善

忠肝义胆

德厚流光

清 白 做 人

表里如一，恪守本分，无欺无诈，正人君子为人处世应该这样。

血染的木匣子

　　在一条通往深山老林的官道旁,有一家客栈,店主是一个五十多岁的大娘,姓马。马大娘心地善良,为人厚道,只是因为早早就脱了发,所以也有人叫她秃老婆。

　　一个叫姜三炮的大商贩,经常在这条官道上来来去去,他十分敬重马大娘的为人,所以每次都住她的店。这天,姜三炮押着一挂大马车又从山里出来,为了下榻马大娘的客栈,他还特地多赶了五十里路,到客栈住下时已是深更半夜。第二天天没亮,姜三炮就起来了,客栈里的伙计顺子帮他套上马车,他就又匆匆上了路。

　　没想姜三炮前脚刚走,顺子的家人后脚就赶了来报丧,说是顺子的老父亲突然病逝了。顺子一听,伤心得号啕大哭。马大娘闻声起来,一问是这事,立刻塞了几块银元给顺子,让他赶紧回家弁丧。

顺子走了,店里的杂活只能由马大娘自己操持。马大娘走进姜三炮昨夜住过的房间,在整理被褥时,突然发现枕旁有一个沉甸甸的木匣子,用铁钉钉死了,准是姜三炮匆忙中落下的。马大娘心想:姜三炮是个腰缠万贯的主,他千里迢迢贩运的东西没有一件是平常之物,可不能给人家弄丢了。于是便把木匣子拿到自己屋里,打算先保管着,等姜三炮来时还给他。

这种事,马大娘碰到不是一回两回了,每当客人在店里落下什么东西,无论是大是小,值不值钱,马大娘都会替人家保管好,等客人再来时还给人家。可这回左等姜三炮不来,右等姜三炮不来,一等等了两年,姜三炮还是没来。

俗话说,没有不透风的墙。这一来,外面就传得沸沸扬扬起来,有说"姜三炮把一匣子财宝落在马大娘店里"的,有说是"匣子里装的是一棵千年人参"的,也有说"匣子里装着从金矿收购来的十斤砂金"的。总而言之,事情越传越离奇,小小一个木匣子,搅得马大娘日夜不宁。

这天,有个大麻子住客神秘兮兮地问马大娘:"老板娘,那木匣子里到底装的什么呀?"

马大娘摇摇头说:"我没打开过,怎么知道里面装着什么。"

大麻子说:"那好,你把木匣子卖给我,不管里面装的是牛屎还是马粪,我给你一百两银子。"

马大娘瞥了他一眼,说:"那是客人落下的东西,我怎么能卖给你?日后人家来拿,我拿什么还人家?"

大麻子说:"老板娘,你也别'人家、人家'的,木匣子是姜三炮落下的,这谁不知道?姜三炮是什么人,财大气粗的主儿,都两年了,他也不回来拿,他哪会把这点小东西放在心上?再说了,现在这年头兵荒马乱的,什么事情都料不准,万一他已经死了呢？你替人家死守这匣子，有什么意思？"

马大娘一听这话非常生气，愤愤地说："人活一世，讲的是信用。没了信用，还叫人吗？"

大麻子见马大娘这么不开化，知道自己再说也是白搭，只得悻悻而去。

大麻子走后，马大娘想想不放心，于是就把木匣子藏进了地窖。可偏偏那阵子天天下雨，地窖里潮得很，马大娘怕木匣子受潮，就又把它拿上来，后来索性就放在自己炕头上。

这天夜半时分，马大娘突然被一阵砍杀声惊醒，是土匪来了！她顾不得自己的钱箱财柜，抱起姜三炮的木匣子就往地窖里躲。可是，刚跑到地窖口，土匪就闯进客栈来了！土匪见马大娘这个样子，猜想木匣子里准是装着值钱的东西，二话没说就上来抢。

马大娘哪里肯放，抱着木匣子死活不松手。土匪急了，举起马刀就朝马大娘手上砍，"喀嚓"一声，马大娘的一只手被砍了下来，血流如注，可马大娘还是不放，她的另一只手依然紧紧抱住木匣子，嘴里还大声喊着："强盗！你们这群强盗！"

土匪被激怒了，他们兽性大发，恶狠狠地围着马大娘一连砍了十几刀，马大娘毕竟寡不敌众，终于倒在了血泊之中，不过在倒地的刹那间，她把木匣子死死地压在自己的身子底下。

幸好这时村民们闻讯赶来了，土匪见势不妙，只好仓皇逃走，于是大家立刻把昏迷不醒的马大娘抬到炕上，找来郎中给她包扎伤口。眼看她这么重的伤势，可能活不太久了，大家心里都很难过，都陪在马大娘的身边不肯离去。

马大娘从昏迷中醒过来，刚睁开眼，就问："木匣子……还在吗？那……那是人家……不能……不能丢……"

有人赶紧把染着鲜血的木匣子抱过来，马大娘见木匣子还好好的，这才放下心来。

此时，马大娘已经气息奄奄了，可就是不肯咽气。一直憋到第五天，她终于等来了姜三炮！姜三炮是在道上听说秃老婆店出了事，日夜兼程赶来的。

马大娘挣扎着用手指指木匣子，朝姜三炮动动嘴唇，她想要说什么，可什么也没说出来，慢慢闭上眼睛，咽下了最后一口气……

姜三炮抚摸着这个被马大娘的鲜血染红的木匣子，禁不住放声大哭起来："老板娘啊老板娘，你是好人哪！可你知道，这木匣子里装着的是什么吗……"

姜三炮当着众人的面，把木匣子撬开来，谁都没有想到，里面装的竟是一种叫"乌木根"的普通中药！

其实，姜三炮一直在为马大娘寻找治疗秃发的药材，听说乌木根能活血生发，他就特地从大山里买回满满一匣子。可是那天由于走得匆忙，加上天都还没亮，他便没有叫醒马大娘，让顺子转交。哪想顺子后来突闻家里噩耗，伤心过度，忘了将此事转告马大娘，回家料理完丧事之后又一直陪伴在母亲身边，再没出来……

（张国心）

（题图：黄全昌）

兄弟比宝

　　这里不说兄弟俩十年中是怎么闯世界的,单讲他们回家之后的比宝。

　　老二先一步,是中秋节的前一天回家的。他坐着轿子,后面保镖、家奴一大群,押着十辆装着大箱子的马车,人喊马叫,浩浩荡荡地回到村里。

　　老大迟了一天,是八月十五那天上午到家的,比起老二来,那派头就差远了。只见他骑一头青驴,穿一身青布衫,手里摇把白纸扇,驴脖子上吊着个灰不溜秋的锦盒,也没个跟班,独自悄悄地进了家门。

　　兄弟相见,一道喝酒吃饭,最后商定,第二天比宝,并邀请当地德高望重的十八个长辈来做裁判。

请帖很快发出去了，第二天早上，三村六寨的长辈陆续到场。

大门外左边拴着老大的那头毛驴，像卫士一样高昂着头，驴视眈眈地盯着每一个进屋的人，颇令人生畏；右边站着老二的保镖和家奴，来一个人就送上一棵长白山的老山参，并说："咱家二爷祝您老人家健康长寿。"这很有点先声夺人的味道。

老二见人已到齐，便对老大抱拳施礼道："大哥，咱们开始吧？"

老大说："行啊！"

"哪咱们先比什么？"

"你说呢？"

"嗳，你为大，我是小，应该你说。"

老大微微一笑，摇着扇子说："当大哥的理应让小弟占先，你就出题吧。"

老二不再推让，摇头晃脑地说："既然大哥这样讲，我也就不客气了。你看这样好不好，在座的都是我们的长辈，看谁能让他们给咱们磕头！"

老二这话一出口，老前辈们都为之一惊，有几个气得连胡子都一翘一翘的。

正要发作，从门外跑进来两个大汉，手里各捧一只锦盒，掀开盖子，只见里面装着一颗颗桂圆那么大的珍珠，晶莹剔透，光华夺目。

一个大汉说："谁给我们二爷磕个头，就给谁一颗珍珠。"

一听这话，几个老前辈的胡子就跳起舞来了，他们拍案而起，大声吼道："呸！几颗珠子就想让我们屈膝弯腰？休想！快收起你那些臭东西吧，我们不稀罕！"

可是这话音一落，另外两个老人站了起来："嘻嘻，腰弯一下可以再伸直，这么大的珠子不拿可就没有了！"说着，他们来到老二面前，"扑"地跪下，磕了个响头，大汉连忙给他们每人送上一颗珍珠。

老二上去扶起两个老人，说："哈哈，还是你们两位实惠，好好好，快请坐。"

他又朝老大看看，心想：不管怎么说，总有两个老人给我磕了头，现在就看你的啦！

老大不慌不忙，捧起锦盒，用衣袖遮住，来到老前辈们面前，轻轻打开盒盖，把盒子凑到他们眼前，一个个地让他们看过。

不知为啥，老前辈们朝盒子里一看，就像触电一样，急忙跪下磕头，只听"通通通……"十八个老人一个不漏，全都跪下了，老大赶紧一个个将他们扶了起来。

这下老二搞懵了，心里想：老大那锦盒里装的究竟是啥宝贝？怎么一个个全都磕头了呢？看来这第一个回合，自己是彻底失败了。

但他并不甘心就此认输，就说："这是第一次相比，不算数。一二不过三，三次两胜才是真胜。"

老大说："好啊，但不能再出让老人磕头这样的题了，要比就得比如何给乡亲父老造福的本领，那才是真正的宝，你说呢？"

老前辈们一听，齐声说："英明，英明！"又齐刷刷地跪下磕起头来，老大连忙将他们扶起。

老二心想：这些人今天怎么啦？犯了磕头瘾不成？他手一挥，家奴们立即抬出十只大大小小的木箱子，老二说："把箱盖打开！"顿时，开锁的开锁，掀盖的掀盖。大家定睛一看，好家伙！四箱银元宝，四箱金元宝，还有两箱是珍珠玛瑙和翡翠钻石。

老二指指这十只箱子，说："各位乡亲父老，这不过是我十年当中赚来的一部分，家乡造桥铺路办学堂，需要钱就跟我说！"

老大也说："好，兄弟这话说得好！"

不过，他看见老二这副得意忘形的样子，便拍拍他的肩膀，笑嘻嘻地说，"兄弟你还是比不过我。"

老二很不服气："那你亮出来让大家看看么!"

老大笑着在口袋里掏啊掏，掏出了一枚铜钱，说："兄弟，我没有金银财宝，但我有这个。"

老二一看，哈哈大笑："这不就是一文钱吗，能抵我十箱金银?"

"我还有这个呢!"老大又捧出了刚才那个锦盒，说，"不信?我变个把戏给你看看。"

老大在锦盒的后面开了个圆圆的口子，然后把那一文钱放进盒里，摇了摇，再"噼里啪啦"倒出来一枚铜钱和十枚银角子。他又拿起一个银角子放进盒里，又摇了摇，接着"叮叮当当"又倒出一个银角子和十块银元……

一见这情景，老二愣了，心想：这不就是人们所说的聚宝盆吗?他一把从老大手里抢过锦盒，打开一看，啊!里面是一枚官印。他这才恍然大悟，拍着脑袋说："哥，原来你就是新上任的府台大人呀!"说着便跪下磕头。

老大扶起老二，又向大家拱拱手，说："俗话说，'三年清知府，十万雪花银'。由此看来，这官印就是知府的聚宝盆。今天我在印盒后面开了个洞，只是为了逗我弟弟玩。回去，我就把洞洞钉死，还要把府台衙门的后门统统堵死，清清白白当好知府。"他说完，骑上毛驴，提着官印走了。

（张东兴）

（**题图**：谭海彦）

山区老校工

王大爷是一所山区小学的校工,这天上午,张校长把他叫到一边,告诉他学校最近要接收二三个下岗工人,明天就有新的同志来接班。王大爷听了点点头,说他明儿一早就走人。

说起来,王大爷已在这当了二十多年的校工,敲了二十多年的钟啦!风风雨雨,其中多少苦乐往事……只要一想到这些,他那双浑浊的眼睛里,就噙满了泪花儿。

张校长和老师们都劝他今天好好休息休息,可一向都很和顺听话的他,今儿个却突然倔了起来,说啥也不肯,仍旧打钟、扫地、挑水。大伙儿明白,如果不让他做这些活的话,他会更加难受的。

下午放学时,王大爷已把自己的东西收拾好了,全部的家当都统统装进了那只老式的手提包里。除此以外，人们还发现一件奇怪的事：在他手提包的一侧，并排放着一柄斧头和一把锯子。

大伙儿十分清楚：这两样东西是学校的，并非王大爷个人所有，而且平时放在仓库里，只在使用时才拿出来。可现在看起来，他分明是准备要将这两样东西带走。想想这么多年来，他用这斧头和锯子为学校修了多少桌椅，补了多少破损的门窗，做了多少模型教具！如今那斧头磨短了，那锯子磨窄了，他人也老了、瘦了。大伙儿心里想：如果他喜欢，就让他拿去好啦！

王大爷似乎猜到人们在想什么，脸上显出一种十分尴尬的神情，他几次张口想向众人辩解什么，但都是"我、我"说不出来，最后，只好红着脸笑笑了事，低下头干自己的活儿去了，可能他心里明白，即使是自己现在就把这两样东西拿走，大家也决不会责怪一句话。

天色暗了下来，张校长最后才走，一再叮嘱王大爷早点休息，还告诉他说，明天老师们将一起送他去五里外的车站。

这天晚上，学校值班室里，灯几乎亮了一宿，里面不时传来叮叮当当的声音。

第二天清晨，张校长和老师们都来得很早，他们要送王大爷一程，可出乎意料的是，他们没有找着王大爷，原来他一大早已经默默地走了。

大伙儿发现：学校操场上，赫然多了一个用榆木新做的钟架，端端正正地站在那里，像一个人在守着自己的岗位；钟架下面的地上，工工整整地并排放着一柄斧头和一把锯子……

（宋树桐）

（题图：施小晨）

会说话的石头

　　推销员培训班上，老师拿来一块石头，要大家据此编出一段故事来。

　　老师说，谁能让石头说活，谁推销商品就不成问题了。学员们一时哪来的灵感，一个个抓耳挠腮，面面相觑。

　　这时候，有个学员大胆地站了起来，说："老师，我试试。我的故事是这样的：在一次战斗最激烈的时候，八路军战士的子弹打光了，战士们坚决不当俘虏，于是就奋力捡起地上的石头，朝鬼子身上扔去。虽然最后他们全都壮烈牺牲了，但这一仗打下来，那帮鬼子也得了'恐石症'，以后只要一看到满山的石头，就会浑身发抖。"

　　老师点点头，鼓励说："讲得好，讲得好！不过石头有各种各样的,希望大家编的故事最好能和这块石头联系起来,怎么样?"

教室里一时鸦雀无声。

不一会儿,另一个学员站起来说:"老师,我也来试试。有个俗家弟子投师学艺,师父给了他一块石头,要他练到不仅能用它来投射飞鸟,而且石头落下时还不能摔碎。徒弟练啊练,终于练出了这手绝活,只要飞鸟从他的头顶过,就逃不脱他的石头功夫。徒弟从此得到朝廷重用,成了一名大将军,他一直把师父当初给他练功的石头供奉着。后人为了表示对这位大将军的敬仰,特地为他和他供奉的石头修建了一座将军庙。黄金周我去那里旅游时,趁讲解员不注意,就把大将军的这块石头拿来了。大家请看,就是讲台上的这一块!"

"哈哈哈"同学们哄堂大笑,大家于是便七嘴八舌地纷纷讲开了自己的构思。

学员大刘是最后一个站起来的,而且脸上的神情特别凝重。他说:"我给大家讲个故事。有个高炮连,驻扎在深山里,一天晚饭后,一个刚入伍的新战士到营房后面的山头上去玩,不小心踩飞了一块石头,他自己人倒没什么,可那块石头偏巧就朝下面倚山而盖的民房飞去,砸破屋顶掉进房里。新战士吓得连忙卧倒在地上,头也不敢抬,原以为老乡会跑出来找他算账,可等了半天,什么动静也没有,于是就连滚带爬逃回了营地。"

大刘的这个故事好像还挺有特色,大家屏息静气地听他讲下去。

大刘说:"这个新战士回到连队,没敢声张,可他到底是个军人,经过几天激烈的思想斗争,还是下定决心去老乡家赔礼道歉。这天,他特地跑七八里山路去买了一大堆礼品,谁知跑到老乡家一看,门前却挂着白幡,灵前正放着那块被他踢飞的石头。他这才知道自己闯下了大祸……"大刘的语气非常沉重,讲到这里,几乎要哭出声来。

有人在底下轻声问："怎么，大刘，是真事儿?"

大刘长叹了口气，说："是真事儿，这个闯大祸的人就是我啊！可是当时看到他们家里人那么悲痛欲绝的样子，我实在没有勇气站出来向他们坦白。为了给自己心灵一个交代，从此每年这个时候，无论走得多远，我都会悄悄赶回去，给那个我不认识而又因我而去的老乡上坟。我闯祸的这块石头，大小形状都和讲台上的这块差不多，几年来，这件事就像千斤巨石压在我的心头，我没有对任何人说起过我的这段经历，但是今天我再也忍不住了，说出来，我心里会好受些。"

教室里鸦雀无声。

好一会儿，老师缓缓说道："大刘同学的故事讲得非常动人，我想就是铁石心肠，也会为之动容。"

"老师，"大刘满眼泪痕地说，"我讲的全是真事儿。"

"我知道。"老师的声音突然哑了。

"老师，您?"

"我把这个故事继续讲下去吧。"老师望着大刘同学说，"我没有想到世界竟然这么小，事情居然有这么巧！我，就是这个去世老乡的儿子，我也绝没有想到踩飞石头的你今天竟会是我的学生。没错，那天我得到消息赶回家，父亲已经咽气了，照我们当地的说法，这是天责；尤其是以后每年到了这个时候，父亲的坟头总供着一份丰厚的礼品，家里人就更相信这个说法了。但是我知道，事情绝不是这样的，每年父亲坟上都会悄悄放着供品，就说明这个事情一定是某个人无意中失手干的，而且事发之后他一直在受着良心的煎熬。我把砸破父亲头颅的这块石头留着，就是盼着这个人会出现……"

"老师——"大刘痛哭流涕，一头跪倒在老师面前，"老师，今天要抓要打随你处置，我心甘情愿。"

老师一把把大刘拉起来，沉默了好半天，说："已经过去了的事,咱们以后谁也别提。"

　　转而,老师大声对同学们说:"我把这块石头拿来,原本是想借石说事的,现在事情真相大白就更好了。感谢石头给我们上了这么生动的一课,请同学们一定记住,要学做推销,首先就一定要先学做人,无论是战场还是商场,这是最大的根本啊!"

(张　湃)

(**题图**:魏忠善)

盖错印章的画

　　杭州近郊有个西溪镇，镇上有位六十多岁的民间画家，名叫柳如丝，擅长工笔画，专门画猫，人称"江南猫王"。

　　柳如丝在古街上开了一间画坊，由于早已名声在外，加上定价合理，所以他的作品很受游客喜爱，常常供不应求。即使如此，柳如丝对每一件作品也决不粗制滥造，一时满足不了游客的需求，他就留下他们的地址，认真完成后再一一邮寄过去。

　　这天，柳如丝刚画完一幅新作《捕鼠图》，恰逢一老友来访，那老友看了画作连声称赞："老兄呀，你的画技真是越来越不得了啊，画的猫就像真的一样，管保老鼠见了落荒而逃。"柳如丝听了哈哈大笑："过奖，过奖！"笑罢，便放了画笔，和老友去隔壁酒楼喝酒去了。

有道是"酒逢知己千杯少"，这一喝就喝到半夜里。回到家中，柳如丝呼呼大睡，直到第二天中午才醒来，猛地记起自己昨天的那幅画还未曾盖印章，便匆匆赶到画坊。一看，画没了；再找，儿子说，已经被他卖掉了。柳如丝不由急得双脚跳，连声责怪儿子："你怎么搞的，我印章还没盖呢，只能算半成品啊！"

儿子却朝他摇摇头，说："怎么没盖印章？ 昨儿生意忙，卖出去的时候我倒是没细看，可那上面肯定有个红方块，不是印章是什么？ 八成是你自己糊涂了！"

柳如丝一听可生气了，声音顿时提高了八度："我自己画的东西，有没有盖章我还不晓得？"

儿子还想分辩，这时候，他五岁的女儿飞飞却跳跳蹦蹦地跑过来，得意地对柳如丝说："爷爷，爸爸说得没错，那画上是盖过印章了。不过，盖的不是爷爷的印，是我的印呀！"

柳如丝大吃一惊："飞飞，那画上盖的是你的印？"

飞飞神气地说："是啊！ 昨天我见爷爷的画上没有印章，就把我自己的盖上了。嗨，爷爷，这下飞飞也和爷爷一样有名啦！"

"你……"儿子一听，是女儿闯的祸，当即伸手在飞飞头上敲了两记"爆栗"。

柳如丝见状，忙把儿子拉开，说："小孩子懂啥，都怪我自己疏忽大意了。不过，这卖出的画得想办法去调回来呀！"

"调回来？"儿子皱皱眉头，"我是根据预订客户的名单从邮局寄出的，总共寄了六个客户，又不知道哪幅寄给哪个人了。我看算了吧，等他们中谁发现了找上门来，给他换就是了。"

可是，柳如丝不答应："不行！ 别说是六个，就是六十个也得一个个找回来。既然搞错了，就一定要认真纠错。"柳如丝说着，便朝儿子伸出手去。

儿子知道父亲的脾气，说出的话决不会收回，他只好从抽屉里翻出名单，交给柳如丝。柳如丝一看，这六个人恰恰分散在六个不同的城市,于是当即戴上老花眼镜给他们一一写起信来,说明事情经过,请他们如果哪一位收到"捕鼠图"就把画寄回来,除了照价退还,还将另赠一幅近作。

信发出后半个月,六个客户的回信先后来了,可奇怪的是,这六个人全都说自己收到的画作没错。这是怎么回事?柳如丝搞不懂了。儿子劝他,反正客户都说没错,那就算了。可柳如丝脾气倔得要命,总觉得心里不舒服,想来想去,决定要亲自往那六个城市跑一趟,一幅一幅去看过来。

儿子一听,急了:"爸爸,你这是何苦呢?累不说,这六个人分在六个城市,光来回车费,就是一笔不小的开销啊!"

柳如丝眉头一皱:"你只知道钱,就不知道做人做事要讲认真!我这趟出门权作旅游,只有把事情搞清楚了,心里才踏实!"

就这样,柳如丝独自一人出门了,他说是"权作旅游",可上海、无锡、南京一路找过去那幅画没找到,他游山玩水的兴趣也没了。倒是那些客户感动得不得了,纷纷要留他多住几天,可柳如丝怎么住得下来呀,眼看就剩南昌没去了,他把所有的希望全集中在南昌的那个客户身上。

南昌那个购画者名叫赵小多。这天,柳如丝来到南昌,按着地址找上门去,赵小多一听柳如丝是为了那幅画特地赶来的,惊得瞪大了眼睛,好半天说不出话来。直到柳如丝催问他那画的下落,他这才急忙说道:"柳老师,您、您这是怎么啦,大老远跑过来,我不是回信说了吗,我那幅画没错呀!"

柳如丝说:"做事就讲个认真,不来看一下,心里不放心呀!"

可是赵小多为难地摊开双手说:"柳老师,我那幅画已经送人了呀!"

柳如丝一听送人,急了:"送给谁了?能拿回来看看吗?"

赵小多手一挥,说:"送给很远很远的一个朋友了。柳老师,算了吧,没事的!"

柳如丝摇摇头:"不,你告诉我地址,再远我也要去看一下。"

赵小多吃惊地望着柳如丝,好半天才叹一口气,说:"唉,柳老师呀,实话告诉您,这幅画已经被我扔掉了,实在对不起您。"

"什么?"柳如丝吃了一惊,连声追问是怎么回事。

赵小多便告诉他,收到画那天,他正和女朋友吵架,一气之下把火发到了画上,三下两下就撕了。看着呆立在那里的柳如丝,赵小多又说:"柳老师,实在对不起,害您白跑一趟。这样吧,您回去的路费我出,我明天就买票送您回去。"

柳如丝怎么也想不到,跑了一大圈会是这样的结果,只好摇摇头,起身告辞。

柳如丝回到宾馆不久,赵小多就赶来了,果真带来一张当晚回杭州的卧铺票,说他给柳老师添麻烦了,很过意不去。赵小多不由柳如丝分说,硬是帮他退了房,并把他送上火车。

柳如丝在火车上越想越不对:为什么赵小多一会儿说画送人了,一会儿又说撕掉了?他为什么急着让自己离开南昌?为什么他的神态语气中似乎有一丝惊慌?难道说自己那幅画还有什么秘密不成?

柳如丝越想疑点越多,他觉得不能这样不明不白地回去。这时,火车正好停靠在鹰潭站,柳如丝索性拿起行李下了车,找了家旅馆住下来,打算好好想想,接下来该怎么办。

他心里有事,怎么也睡不着觉,就打开电视看夜间新闻。突然,南昌电视台播出了一个公告:说是某小区有一女子被杀,这女子自幼父母双亡,一个人独住,所以给警方破案带来了困难。为此,市公安局特向市民征集线索,凡能提供对破案有利线索者,奖励人民币一万元。接着,电视画面播出了那女子生前的照片和她居住的房间。画面中,柳如丝眼尖,突然发现挂在墙上的一幅画,正是他那幅《捕鼠图》!好哇,看来自己及时下车下对了!他立即拿起了电话……

公安局接到柳如丝的电话以后非常重视,连夜把他接回南昌,带他到那被害女子的住宅,柳如丝进门一看,没错,墙上挂的正是自己那幅《捕鼠图》,右下角盖的果然是飞飞的印章。公安人员立即行动,连夜去抓捕赵小多。

赵小多归案以后,很快就招了供。原来他是一个游手好闲的家伙,一个偶然的机会认识了那个被害女子,在银行工作的汪芬姑娘,于是便以谈恋爱为名,粘住了汪芬,逼她以种种方式先后从银行贪污了几百万元。最近,银行要查账了,汪芬急着催赵小多还钱,赵小多为了稳住她,就带她到处旅游。在西溪,汪芬一看到柳如丝的画就特别喜欢,赵小多于是就订购了一幅。收到画的那天,赵小多给汪芬送去,还替她挂在墙上。后来,银行的风声越来越紧,汪芬顶不住了,非要赵小多立刻把钱还进去,赵小多到哪里去搞这笔钱哪,一时性起就把汪芬杀了。他以为汪芬是个老姑娘,平时性格孤僻,他俩的来往又不为人知,所以银行就是追查也绝对查不到他身上,可他没想到,事情竟会败露在这幅画上,他不敢去汪芬房间里拿画,又偏偏碰上了一个认死理的顶真老头,这就要了他的命⋯⋯

案子破了,南昌公安局的领导亲自发给柳如丝一张大奖状,还奖给柳如丝一万元奖金,并派车专程把他送回西溪。

回到家,柳如丝像个得胜回朝的将军,将事情经过一五一十讲给儿子听,儿子直听得一愣一愣的。柳如丝语重心长地说:"儿子呀,这'认真'两字真是个宝,我若不认真追究这幅画,也许那姑娘的案子就得不到沉冤昭雪,赵小多那只大老鼠也抓不出来,这一万元奖金当然就更别想了。认真,真的是一条做人的准则呀!"

儿子听了直点头,一张脸绯红。

(丰国需)

(题图:杨宏富)

枕着红裙子入睡

　　王有德是本市很有名气的"有德运输公司"大老板,清明节这天早上,他丢下饭碗,跨上自行车,骑了将近两个小时,来到位于西郊墓区的一座墓前。墓碑上,是一张十多岁女孩的像,身穿红色连衣裙,非常可爱。王有德在墓前放上一束鲜花,然后默默地低下了头……

　　从墓地回来后,王有德当晚躺在床上翻来覆去一直睡不着,那个穿红裙子的小女孩一直浮现在他眼前……说起来,这还是十年前的事儿了!

　　十年前,王有德下岗了,那是他最痛苦的时候:妻子长年患病,光医药费就是一个填不满的无底洞;儿子因为遭遇车祸,没过十三岁生日就走了,而那个酒后驾车的肇事司机又逃逸了,他连一分钱的赔偿金也没拿到;而自己的工作又没了。这样的日子还有什么滋味? 王有德几乎对生活绝望了。

不过,王有德是个有责任心的丈夫,他不能丢下生病的妻子不管呀! 他原先在单位里干的是司机,想想自己已经有近二十年的驾龄,可不能轻易丢了,于是就求爷爷、告奶奶地凑了五万块钱,又贷款五万块,买了一辆大货车,跑起了运输。由于他诚实守信,做事认真,客户渐渐多起来,这让他看到了希望。

那天,王有德拉着满满一车货从南方回来,为了赶时间按时交货,他已经连续两天一宿没合眼了,当车子刚进入市区,经过一条小巷口的时候,他又累又困,上下眼皮直打架……就在这时,他觉得车身一阵晃动,猛地惊醒过来,下意识地踩了一脚刹车,车子停了下来。

王有德吓得心里"怦怦"直跳,他没敢下车,顺着驾驶室外的后视镜一看,发现车后三四十米处,马路中间好像躺着一个身穿红裙子的人。不得了,出事儿了! 王有德拿出手机,打算报警。可是刚按了几个键,他停住了,心想:我买车借的钱和贷款都还没还清,家里人吃饭、给妻子治病,可都指望这辆车赚呢;况且这车刚买下就开出来了,还没来得及入保险,如今出了这么大的事儿,自己拿什么赔呀?

几秒钟的痛苦思索后,王有德跳下了车,像做贼似的环顾四周。这时正是清晨时候,偏僻的小巷口空无一人,他于是急忙跳上车,猛地踩下了油门。很快,后视镜里的红裙子离他越来越远,最后终于在他的视线里消失了……

王有德驾车一路狂奔,等开进自己平时停车的大院里跳下车时,他手脚冰凉,两腿发软,浑身直冒虚汗。他也顾不得歇息,仔细地从车头查看到车尾,发现车子总算完好无损。他刚松了口气,但走到车右后轮时,突然发现轮胎一侧有一片鲜红的血迹,车轮突出的一段螺栓上竟然还带着一段血淋淋的肠子,他顿时瘫倒在地上……

不知过了多久,他清醒过来,赶紧从地上爬起来,发疯似的接上水管,对着车轮一阵猛冲,然后到了上班时间,把货物送到对方指定的地点后,就径直回了家。他没敢把撞人的事告诉妻子,进屋后就倒在了床上,人像被抽了筋一样,一闭上眼睛,满脑子就是那条飘荡而来的红裙子!

接连两天,王有德没有出车,躲在家里一支接一支地抽烟。他想到自己的孩子被车祸夺去生命,肇事司机给自己和家人带来的无法弥补的创伤,没想自己现在竟也成了这种丧尽天良的人。王有德越想越陷入深深的自责中,他想到了去自首。

躺在床上的妻子觉察到了他的不正常,呻吟着说:"有德,你怎么啦,你病啦?你可不能出事呀!"王有德猛地一惊,说:"没事,我好着呢。"他给妻子端上一杯水,送上几粒药,看着躺在床上病怏怏的妻子,自首的念头打消了。

过了几天,王有德忍不住骑着自行车来到自己出车祸的地方,壮起胆子走进小巷口一家小店,买了一包香烟,随后便和老板娘聊起来。王有德问:"听说前几天,这个巷口出了车祸,是吧?"

老板娘叹了口气,说:"是呀,一个小女孩被车撞死了,死得好惨呀!司机撞人后逃了,警察来看了半天现场,可到现在也没找到证人。"老板娘大骂司机没有人性,咒他的孩子早晚也会被车撞死。

王有德极力掩饰着自己的慌张,最后又试探着问:"死的那个孩子是附近的吗?"

老板娘指指对面,说:"就是那个门闭着的小院里的,李有福家的闺女,刚上小学四年级。唉,作孽呀,这个李有福从小患小儿麻痹症,摆了个修鞋的小摊儿养家糊口,他老婆也有残疾,两口子就这么一个闺女。唉,哪知道黄鼠狼单单要咬这病鸭子呀!"

王有德从小店出来,悄悄走到那个小院跟前,记下了地址:槐树巷5号。

回家路上,王有德心想:既然人死不能复生,我就要想别的法子来减轻自己的罪过。他思来想去,决定努力跑运输挣钱,争取用一年时间把已经欠下的债和贷款还清,然后就一点一点来还自己的良心债。

王有德说到做到,果然一年之后就开始了还良心债的行动。他每个月都会把挣的钱拿出一部分来寄给"槐树巷5号"的李有福,而且越寄越多,越寄越多,已经整整寄了九年。王有德觉得,只有当汇出一笔钱后,自己才能换来片刻的轻松。

如今,王有德已经是家产千万的运输业巨头,按月给李有福寄钱已经成了他的一种习惯。但是王有德始终没有去见李有福,不是不想见,而是觉得心中有愧。

这天一大早,王有德就被一阵敲门声惊醒,他赶紧穿上衣服,跑去开门。一看,敲门的是一位身材矮小、拄着拐杖的老汉,身旁停着一辆破旧的三轮车,车上坐着一个头发花白、双目失明的老太太。

老汉见王有德出来,激动地问道:"你是王有德王老板吗?"

王有德点点头:"是啊,请问你是谁? 找我有什么事儿吗?"

没想王有德话音未落,那老汉扔掉拐杖,"扑通"一声跪在了王有德面前:"恩人呀,我可找到你了!"

王有德慌得赶紧把老汉搀起来,把老太太从车上搀下来,把两位老人请进了家中。他不明白自己怎么成了这两位老人的恩人了? 于是让他们在客厅里坐下后,便试探着问道:"老哥,你怎么称呼?"

老汉答道:"我叫李有福。"

听到"李有福"这名字,王有德惊得一屁股跌坐在沙发上,半天说不出话来。

　　只见李有福老泪纵横道："十年了，王老板，要不是你每月给我们寄钱，我们老两口哪能活到今天？老天有眼，总算让我们找到你了，我们真要感谢你的大恩大德啊！"

　　"我的老哥呀，你这话是怎么说的！是我……"话没说完，王有德两腿一软，跪在了李有福面前。

　　李有福慌忙把王有德扶起来，王有德靠在沙发上，口中喃喃自语："十年了，这一天终于来了！"

　　看着王有德痛苦的样子，李有福反倒摸不着头脑了。他沉默了好一会儿，才说："不瞒你说，王老板，十年前，我闺女被撞死后，我老伴儿把眼睛哭瞎了，后来她又得了一场大病，把原本为闺女上学攒的钱也花光了。走投无路之下，我和老伴一合计，就想一块儿喝农药去找闺女，谁知药碗刚端起来，邮局的同志敲门送来汇款单，我们俩这才没死成。从此，我们每个月都能收到汇款，想到还有好心人在暗地里帮我们，我们要是再寻死的话，那就真的对不住人家的恩情了……"

　　王有德慢慢坐起身，细细回味着李有福的话，心想：我肇事逃逸本不应该，如果没有当初汇款赎罪，那不就等于再害死两条人命呀，幸亏还做了这么一件积德的事情。

　　李有福接着对王有德说："不光每月有人寄钱来，每年清明节，我闺女坟前还有人送花。我想，这送花的人肯定就是给我们寄钱的人，我们得好好谢谢人家啊，所以就按着汇款单上的名字和地址去找，这才发现都是假的……"

　　"那你是怎么找到我的？"王有德不由自主地问。

　　李有福说："前几天又收到你的汇款单，我才想到，虽说这单子上的名字和地址是假的，可汇款邮局的地址错不了呀！于是就拿着汇款单去求邮局的领导。领导听我这么一说很感动，说找你不难，他们有录像，还让我一起看。结果按汇款单上寄钱的时间一查,他们很快就在录像里找到了你。虽然你当时戴着墨镜,可我记住了你下巴上的一大块儿黑痣。嘿嘿,正好昨晚电视里说你帮助下岗工人再就业的事儿,你那脸形、身材,特别是下巴上的那块黑痣,和我在邮局里看到的一模一样。我猜你准就是我要找的恩人,所以今天一大早我们俩就打听着一路找来了……"

说罢,李有福从贴身衣袋里拿出一张银行存单,递给王有德,说:"这是你十年来寄给我的钱,我花了不少,还余下这些,我今天把它还给你。老伴除了眼睛之外,别的病也好得差不多了。我修鞋挣的钱怎么也够我们老两口儿吃饭,钱再多我们也用不着。再说,我如果拿恩人的钱放着,也睡不踏实呀!"

王有德一听,慌忙把存单塞到李有福手里,说:"我的老哥呀,这些钱你就拿回去吧,当年撞死你闺女的那个司机,他……他……"

"王老板,那个司机七年前就被警察抓起来了,还判了刑。"李有福说着,非把存单塞回王有德手中,然后撑起拐杖要扶老伴回家。

王有德惊讶地连声追问:"司机被抓了?撞死你闺女的司机被抓了?"

李有福解释道:"是呀!十年前,我闺女清早起来,正准备去上学,一出门就看到马路中间躺着我家养的那条小狗。据事后民警分析,是我闺女晾着的那条红裙子被风吹了,小狗去把它叼回来,正巧过马路时被汽车轧死了,我闺女跑到马路中间去捡裙子,没想到却被飞来的货车给撞了。司机跑了两年多,后来被警察抓回来了。"

"啊!"王有德听到这里,神色一变,不由得惊叫起来,他抓住李有福的手问道,"快告诉我,你闺女出事的时候,穿的是什么颜色的衣服?"

李有福说:"那天她穿的是一条黄色的裙子,是她娘亲手给她缝的。"

王有德听罢,一种从未有过的轻松像电流一样传遍了全身,心头压了十年的大石头一下就落了地。他开心,他兴奋,他激动地问李有福:"那条红裙子还在么?"

李有福不知道对方为什么一下子变得这么激动,忙应道:"在,在,女儿没了,我俩把那条红裙子留下来,做个念想。"

"那……能不能把红裙子借给我一个晚上?"

"当然行啊!"李有福说,"可是,王老板,你要借它做什么?"

王有德急切地说:"这你别问了,快去拿……"说着竟然把李有福两口子推出了家门。

李有福不知道王老板到底怎么了,只觉得这条红裙子一定对他很重要,于是就赶紧骑上三轮车带着老伴儿回家,将那条红裙子取来,双手递给王有德。

王有德捧着这条红裙子,两只手不住地颤抖,他带着一脸的笑容,倒在了沙发上。十年来,他没有睡过一个安稳觉,现在,他觉得自己太困倦了,他太想好好睡上一觉了……

但是,谁也没有想到,王有德就这么永远地睡着了,他的脸上挂着安详的笑容,在他的枕边,放着一条美丽的红裙子……

（黄　鸟）

（题图：魏忠善）

诚 信 为 上

真诚是人生最高的美德。要求别人诚实，自己首先就得诚实。

一块铜板断终身

　　北宋年间,安徽定远县举子、冯家布庄的二少爷冯子简赴京赶考,一举高中黄榜,自是喜不自禁,连忙打发人回老家定远报喜。

　　可是按照当时的制度,举子高中黄榜,不是马上就可以上任去当官的,需要等朝廷大员或者上一级官员的保举推荐,才有机会得到官职。所以有那么句老话,叫作"朝中有人好做官"。这冯子简虽高中黄榜,却因一时无人举荐,只得住在旅馆中候补,一晃半年过去了,眼见得手中盘缠已所剩不多,他心中十分焦急。

　　这日,冯子简与几位候补的举子在一茶肆喝茶闲聊,大家都感叹自己投错了胎,现在落得个朝中无人,还不知要候补到何年何月。

这时，忽有一举子对冯子简说："年兄是定远县人，听说现任开封府尹、龙图阁大学士包拯包大人也是举子出身，十年前首任定远县令，也算和年兄是半个老乡，年兄何不投他老人家门下，求他举荐?"

冯子简听了，一拍大腿道："我怎么没想到这一茬!"他回到旅馆，兴奋得一夜没睡着觉，第二天一大早就带上礼品，赶到包府门前，递上礼单和名刺，等候接见。

谁知等了许久，包府家人出来说："包大人说了，不见!"

冯子简也不敢说什么，只得蔫蔫地回去。他怎么也想不明白：都说这包大人平易近人，清正廉洁，为什么连见都不愿见我呢? 莫非是嫌礼物太轻? 想想自己在京城举目无亲，唯有这一条路可走，于是下定决心，走不通也得走。他立刻上街，倾囊置办了丰厚的礼品，再次来到包府门前，等候接见。

谁知包大人让家人传出话来，还是不见。

这下冯子简挠开了头：也许包大人真的讨厌我送礼? 若是这样，那就只有用诚心来感动他了。

冯子简这回什么礼物也没带，就只身来到包府门侧，跪下求见，可直到晚上，也不见动静。冯子简把心一横，决心不见包大人就不起来，他当真在门前跪了一夜。

次日清晨，包府家人出来扫地，见冯子简还跪在那儿，就叹了口气，问他："你与我家老爷可有什么过节?"

冯子简说："没有啊，你家老爷在定远当县令时，学生还是个十几岁的娃娃，家父是个商人，也从未与官府发生过瓜葛。"

家人说："那就怪了，我家老爷向来是不拒见读书人的啊! 老爷起初并没说不见你，可是看了你的名刺后，好像想起了什么，就有些生气，所以说不见。"

冯子简听了心里"咯噔"一下，想了半天也没想出个所以然来。

当日下午,忽然天降大雨,可冯子简依然跪在那里纹丝不动。

不一会儿,包府家人跑出来,递给他一个东西,说:"我家老爷说了,你就是跪到明年这个时候也不见。但念你是定远来人,送你几个字,好好琢磨去吧!"

冯子简一看,家人递过来的是自己的名刺,翻过来,只见背面写道:劝尔莫做官,只因尔太贪,小小十几岁,匿钱心何安,如若掌州县,岂非尽子简。与其贪赃死,莫若布衣安!——记得十年前尔家布店中"黑老头"乎?

黑老头?冯子简拼命想啊想,终于记起一件往事来。

大约是十年前的一天,冯子简还是个十几岁的孩子,在自家布店中玩耍。冯家布店是定远县城最大的布店,所以顾客盈门,生意十分兴隆,当时,有一买布老者在掏钱买布时不小心掉了一枚铜板,那枚铜板"骨碌碌"顺着地面滚,恰巧滚到少年冯子简的脚边,冯子简一抬脚就把那枚铜板踩在了脚下。那掉钱的老者似乎也意识到丢了钱,但往地上看时,到处是顾客的脚,哪里看得到?待老者买完布走了,那少年冯子简才抬起脚,弯腰将铜板拾起。

这时,冯子简的父亲,也就是布店掌柜,和管家等都齐声喝彩,夸冯子简聪明,有心计,长大了准是个做生意的好手,前途不可限量。

旁边有个面色乌黑的老者却只是冷笑,开口问道:"你这孩子,叫什么名字?"

旁边一个小孩说:"他叫冯子简。"

黑面老者对掌柜的说:"你们就这样教育孩子吗?"

又对少年冯子简说:"拾到别人的东西应该还给人家,这是做人的起码道理,你小小年纪养成这种习惯,以后不知会长成什么东西!"

那少年冯子简自小娇生惯养,向来说一不二,才被众人夸赞过,此刻哪听得进黑面老者的话?就凶狠狠地说:"哪里来的黑老头,关你屁事?给我滚一边去!"

黑面老者冷笑道:"好你个冯子简,我倒要看看你将来究竟能长成什么人!"

……

想到这里,冯子简不禁出了一身冷汗。一算时间,十年前包大人正在定远当县令!难道冤家路窄,当年那黑老头就是微服私访的包拯包大人?如果真是这样,那可是算我倒了八辈子霉了!

但他转念又一想:俗话说,此处不留爷,自有留爷处。我就不信,死了张屠夫,就吃连毛猪了,何必在这一棵树上吊死?冯子简站起来,"呸呸呸"地朝地上吐了几口唾沫,回了旅馆。

你还别说,没过几个月,这冯子简真的时来运转,不知是走的什么路子,竟当上了淮河岸边的秋水县令。冯子简憋了一口气:你包黑子不是说我从小就贪,将来要"贪赃死"吗?我偏要做给你看看!所以他处处谨小慎微,勤政廉洁,的确做出了一些政绩。

转眼几年过去。这一年,秋水县遇到百年不遇的特大旱灾,将近一年滴雨未落,淮河都干得见了底,独轮车可以从河底推过河去,田里的禾苗点火就着,百姓早就断了粮,四野饿殍满地。

朝廷拨了五十万两银子和粮食来救灾。面对这白花花的银子,冯子简心动了,他终于抵挡不住诱惑,向这五十万两救灾银伸出了手……

不久,皇上派包拯带着尚方宝剑下来微服私访,查处贪污救灾粮款的官员,没费什么力气,就把冯子简查了个正着。冯子简被五花大绑着,跪在包大人面前,两边是壮硕如牛的王朝、马汉和红绸布盖着的狗头铡。

包大人看了看冯子简,沉着脸问道:"你还认识我么? 行刑前你还有什么话说!"

冯子简长叹一声:"都说包大人料事如神,我是心服口服了。实际上我在十几岁时,您就给我断了案子,在我高中黄榜时又断了我的命案。唉,悔不该当初没听您的忠告! 如果我当初听了包大人您的话,不出来当官,也不会落得今天被杀头的下场啊……"

（张国华）

（**题图**:黄全昌）

儿子长大了

这天晚上，阿岩看完电影回家，发现妈妈一个人气闷闷地坐在客厅里，就关心地问："妈，你怎么了？"

"唉——"妈妈长叹一口气，"今天真倒了霉，夜市里收进一张假钞票。"

"假钞票？"阿岩看见茶几上放着一张百元面额的纸币，便拿起来仔细地辨认，果然，软沓沓的，纸张挺薄，颜色也不太正常，有些发绿。

妈妈气呼呼地说："我用寿根伯的验钞机验过了，真的是假币！也不知是哪个杀千刀的，用这张假钞来骗我！"

听了妈妈的话，阿岩的心不由颤了一下。阿岩的爸爸在阿岩还没满月的时候就出车祸死了，全靠妈妈咬着牙独自将他抚养大。三年前妈妈下岗,申请了一个执照摆起了水果摊,为了多挣点钱,天天风里来、雨里去的,还经常到夜市上去摆摊,总是熬到夜半人稀时才回家。现在突然平白无故地损失了一百元钱,妈妈当然是很心痛的。

"妈,你不要太难过……"阿岩觉得自己的话很无力。

"咱小老百姓挣点钱不容易,我得卖多少斤香蕉、多少斤苹果才能赚来这一百元钱啊!"妈妈把假钞攥在手里,越想越生气,"我不能不明不白地吃这个哑巴亏!"

阿岩有些担心地问:"妈,你打算怎么处置这张假钞?"

妈妈挺干脆地说,"既然它'从群众中来',那么我就再让它回到'群众中去'!"

"妈,你不能……"阿岩想劝阻妈妈,可妈妈已经站起来回自己的房间睡觉去了。生活的酸甜苦辣已使妈妈养成了风风火火、泼辣固执的性格,看样子妈妈是铁了心要把这张假钞再花出去,但这样做会嫁祸于人的呀,阿岩决定要想个办法阻止妈妈的行动。

第二天早上阿岩起床时,妈妈已经不见了踪影,阿岩想起那张假钞,心里"咯噔"了一下,穿起鞋子就往外跑。

弄堂口的大饼油条摊前,阿岩发现妈妈排在队伍中,再差三四个人就要轮到妈妈了,而且她手里正拿着那张假钞。

"妈!妈!"阿岩气喘吁吁地跑过去。

"你怎么来了?"妈妈惊异地问。

"妈,你不要……"阿岩欲言又止,瞟了眼妈妈手上的假钞。

妈妈故意装作不明白阿岩的意思,说:"快回家洗脸,不然上学要迟到了。"

阿岩站着不动,心里急得冒烟,他望着那一根根刚出油锅的金灿灿的油条,心里忽然有了主意,就说:"妈,我不喜欢吃大饼油条!"

"你不吃我吃。"妈妈不理儿子的茬。

阿岩极力想说服妈妈,顺口说道:"妈!报上说,炸油条的油是有毒的!"

这话让大饼油条摊的摊主听见了,他瞪了阿岩一眼,不悦地挥挥手:"喂,你这个小兄弟,自己不想吃就别吃,不要在这里胡说八道。"

阿岩并不生气,看着摊主忙得满头大汗,心里在想:他要做多少大饼、炸多少油条才能挣一百元钱啊!不,不能让这假钞再害人了!

阿岩正想说话,这时住在阿岩家楼上的刘阿姨跑过来,说:"阿岩妈妈,麻烦你给我带副大饼油条,我上班来不及了。"

"好的。"阿岩妈妈对摊主说,"四根油条,四只大饼。"边说边将假钞递给摊主。

阿岩刚想阻拦,不料,摊主又将假钞还给了阿岩妈妈,说:"这么大的票子,找不开。"

阿岩妈妈不甘心地问:"你找找看嘛。"

摊主推开阿岩妈妈的手:"哎,我小本生意,要是把零钱全找给你,今天的生意就没法做了。"

刘阿姨见状,马上从包里掏出几枚硬币:"我来付,我这儿有零钱。"阿岩妈妈不敢再坚持了,因为相互之间都熟悉,真要把假钞给了摊主,等一会他一定会记起来的。于是阿岩妈妈把那张假钞放进口袋,和阿岩回了家。

吃完早饭,阿岩要去上学,妈妈披上外套又跟了出来:"阿岩,时间来不及了,我叫出租车送你上学去,我不相信这张钱它就花不掉。"

阿岩一听又发急了,赶紧说:"妈,我都十六岁了,用不着你陪我上学。"

妈妈见儿子不高兴,就解释道:"我不光是陪你上学,我到你们学校也有事啊。昨天总务科丁老师打电话给我，说学校要给老师们发两箱水果，叫我帮忙办一下。"

阿岩看了妈妈一眼，恳求道："妈，我们要遵纪守法，那张假钞你别再用了，行不行？"

"好好好。"阿岩妈妈敷衍着点点头，出门叫了辆出租车。

车子刚刚停稳，妈妈抢先拉开车门，坐到驾驶员旁边，将那张假钞递给他，说："到曙光中学。"

驾驶员觉得有些奇怪，不解地说："车还没开呢，你着什么急？"

阿岩本来已坐进车里，见妈妈这个样子，他又"砰"地将车门打开，跳下车，头也不回地朝公交车站跑去。

"阿岩！阿岩！"妈妈跌跌撞撞地追上儿子，"我的小祖宗，怎么了你？唉，这钱我不花了还不成吗？"妈妈无奈地叹了口气。

下了公交车，阿岩和妈妈一起走进学校，他们看到操场上围着好多同学，旁边还拉了一条横幅，上面写着"向郭跃跃同学献爱心"。

妈妈好奇地问："郭跃跃是谁啊？他怎么了？"

阿岩说："初二(4)班的，他生了骨癌，这几天同学们正给他捐款呢！"

"那你捐了没有？"

"捐了十元钱。我们班的班长捐得最多，五十元呢。"

妈妈想了一想，打定了主意，一转身挤进人群，她大声说道："我是孙岩同学的妈妈。"然后掏出那张一百元的假钞扬了扬，"这钱，捐给郭跃跃同学！"说完，飞快地将钱塞入捐款箱。

同学们不知内情，感动得欢呼起来。

"妈！你……"阿岩快要哭出来了，他真的好为难，不知该如何处理这尴尬的局面。

这时，学生会主席抱起捐款箱走到阿岩身边："孙岩同学，你妈妈真好,我们决定推选你代表大家去医院,向郭跃跃同学献爱心!"

阿岩的妈妈见儿子接过了捐款箱,这才长长地出了口气,去总务科办她的事了。

这天中午,当阿岩妈妈回到家的时候,发现桌上有一只验钞机,验钞机下压着一张儿子写给她的纸条:

> 妈妈,我把我的压岁钱取出来了,换回了那张假钞。我不能对同学的爱心作假,更不能让假钞再害人了,我把它交给了银行。对了,我还用剩下的压岁钱买了一只验钞机送给你,你以后做生意的时候要小心一点,别再把假钞收进来。

阿岩妈妈心里一下子说不清是什么滋味,她看着玻璃台板下儿子的照片,突然觉得不知什么时候,儿子真的长大了。

(黄　溪)

(题图:箭　中)

良
心
的
煎
熬

　　这天晚上，年轻的出租车司机刘齐从市区送一位乘客到西郊听泉山庄，等驾着空车回城时，已经过了十一点。

　　出租车快速穿行在夜色浓浓的郊区路上，当车子拐过一个弯道时，一个人影突然从路边蹿到车前。刘齐大吃一惊，立即猛打方向盘，同时拼命踩刹车，可还是晚了，随着"砰"一声闷响，那人被撞飞出去，摔在两三米远的地方。

　　刘齐惊魂未定地赶紧下车，借着车头的灯光，见伤者是个三十多岁民工模样的男人，趴在地上一动不动，血正顺着他的嘴角缓缓地流出来。

　　刘齐轻轻地碰了几下那人的胳膊，焦急地呼唤着，那人却毫无反应。刘齐把手探到他的鼻孔下，又把耳朵贴在他的胸前，竟没有听到一点声息。刘齐一屁股瘫坐在地上："完了,完了!"

他点了支烟,猛抽了几口,又把烟往地上一摔,狠狠踩上几脚,然后飞快地上了车,消失在茫茫黑夜之中。

刘齐一口气把车开到一百多公里外的邻近城市,找了家便宜的旅馆住下,又在公用电话亭打了两个电话。一个是匿名打给110的,说听泉山庄发生了一起车祸;另一个是打给妹妹的,说自己送个客人去外地,晚上不回来了,让她和妈别担心。

刘齐原以为这事儿公安部门顶多查两天就作为无头案挂起来了,没想到事情却闹得个满城风雨,各种媒体竞相报道,晚报甚至还专门开辟专栏,讨论当前出租车司机的形象问题。

更让刘齐想不到的是:那人竟然没死!

报道说,伤者叫胡永安,今年三十五岁,为了供两个女儿读书,从安徽老家来本城打工,车祸造成他颅脑损伤,目前生命垂危。胡永安的妻子美花在接受记者采访时声泪俱下地说:"想不到没干一年就遇到这种事儿,今后我们的日子可怎么过啊?"

第二天,刘齐所在的蓝天出租车公司还专门为此开了会,会上,公司胖经理挥着手中的报纸,情绪激动地把撞人后逃跑的司机大骂了一通,刘齐听得惶恐不安,脸直发烫。

过了一天,刘齐坐不住了,他来到市医院,只见躺在病床上的胡永安全身裹满纱布,双眼紧闭,一动不动,旁边一位差不多年纪的女人在不停地给胡永安擦身子。

刘齐轻声问:"你是胡永安家人吧?"

女人惊讶地说:"我是他的老婆,叫美花。你是谁? 有事吗?"

望着双眼红肿的美花,刘齐有些心虚,嗫嚅着说:"我、我叫刘齐……我从电视上看到你们的事,很同情,就来看看。"

美花忙连声道谢。

刘齐从口袋里掏出一个信封,说:"这是一万块钱,是我的一点心意,给胡永安治病,希望他早日康复!"说完,他把钱往美花手里一塞,就匆匆出了病房。

又过了几天,刘齐不由自主地又悄悄走进胡永安的病房。这时候,病房里只有胡永安一个人,两人的目光刚一接触,刘齐就有一种做贼心虚的慌乱。他轻声问:"你……好点了吗?"

胡永安点点头,说:"还行,你就是刘齐吧?"他挣扎着想坐起来,可一阵剧烈的疼痛又让他瘫倒在床上。他叹了口气,说:"唉,我真成废人了。"

刘齐忙安慰他:"怎么会呢? 你好好养伤,一定会好起来的。"

胡永安苦笑着说:"你是个大好人,不管我以后怎么样,我们全家都会感激你的。"

"别别别,千万别这么说。"刘齐一时不知该如何作答。

胡永安长长地叹了口气,说:"其实,我根本就不值得你这么做,治好治不好对我来说无所谓,我现在最放心不下的就是我两个女儿和老婆,我对不起她们,没给她们一点幸福,反而拖累了她们。"说到这里,胡永安不觉哽咽起来,眼中噙满了泪花。

刘齐心情沉重地出了医院大门,他已经打听到胡永安就借居在西郊方山村,离听泉山庄不远。这天晚上,刘齐送完客人,决定去方山村看看胡永安的妻女,车出城后不久,下了大路,就沿着起伏不平的小路向方山村驶去。

开了没多远,刘齐发现前面路边有几个人影在晃动:这么晚了,这些人在干什么? 他不由放慢了车速。车经过这些人的时候,他看见两个男青年并排站着,他们身后还有两个人在地上撕扯着,好像还隐约有女人"唔唔"的叫声。

刘齐立刻意识到发生事情了,他停下车,一边狠命按喇叭,一边冲那几个人喊道:"赶快放了她,不然我就报警了。"

"嘀嘀嘀——"喇叭声在寂静的夜晚显得格外响亮,那几个人一看刘齐这副无所畏惧的样子,知道今天碰上个硬家伙,吓得掉头就跑,瞬间就没了踪影。

刘齐立即下车朝那女的快步跑去,一边跑一边大声地问:"你怎么样?没事吧?"等走到近前,两人都愣住了:这女人竟就是胡永安的老婆美花。

美花挣扎着从地上爬起来,拍拍身上的泥土,有些尴尬地望着刘齐,抹着眼泪说:"上次你给了那么多钱,我还没谢你呢,这次又多亏了你,你真是我们家的大恩人哪!"说完,她"扑通"一声就给刘齐跪下了。

刘齐慌忙把她搀起来,然后一直把她送到家才离开。

然而,这件事非但没有给刘齐带来一丝的心理安慰,反而让他愈加感到内疚。他觉得美花的遭遇全是他一手造成的,如果他没有撞伤胡永安,那美花就用不着这么晚了还一个人出来走夜路……

胡永安的事成了刘齐的一块心病,让他真真切切地尝到了良心谴责的滋味,那是一种煎熬,一种食不甘味、夜不能寐的煎熬!刘齐真想去投案自首,把真相说出来,可一想到一家人的生活还要靠自己承担,他的心发颤了。

第二天,在出车的路上,刘齐的手机突然响了起来,他一看是个陌生的号码,一接听,竟是公安局打来的,叫他马上去一趟。刘齐心跳猛然加快了,紧张地想:难道他们知道是我撞了胡永安?

到了公安局,刘齐忐忑不安地下了车,推开厚重的玻璃门,走进大厅,一眼就看见美花正站在那儿和两个警察说着什么。

这时,美花也看见了刘齐,忙和两个警察迎了上来。刘齐直感到腿脚发软,他硬着头皮往前挪,极力掩饰着脸上的惊恐。"就是他,就是他!"美花扯着刘齐的胳膊,刘齐木偶一般的被美花拉到了警察跟前。

"你是刘齐?"一个年龄稍大的警察握着刘齐的手说,"我姓郑,是这里的教导员,你的事情我们都知道了。"

刘齐紧张得头脑"嗡嗡"乱响,语无伦次地说:"我……我不是有意的,是不小心碰上的。"

"小伙子还挺谦虚嘛!"郑教导员拍着刘齐的肩头,笑着说,"非亲非故的,一下子就捐了一万块钱,还见义勇为赶跑了流氓,不容易啊,社会上就缺你这种精神,你给全市的出租车司机做出了表率,值得大家学习啊!"

"什么?"刘齐有些懵了,这样的结果完全出乎他的意料。

就在刘齐还没回过神来的时候,一只只话筒已经伸到了他的面前,原来记者们早已闻风而至,他们提的问题一个接着一个,没完没了。

一位年轻警察上来解围道:"各位记者同志,请到会议室去吧,到会议室坐下来慢慢采访。"说着,便领着记者们往会议室走去。

郑教导员亲切地拉起刘齐说:"走!"

"不了,不了,"刘齐吓得赶紧推辞,"教导员,情况你们都知道,我就不参加了,我现在还有事,有急事。"

见刘齐态度很坚决,郑教导员只好点点头说:"好吧,你就先忙去吧,接待的事我们负责。过两天,我还要去你们公司给你发奖金!"

"别别别,郑教导员,千万别把事情搞这么大,区区小事,用不着这样,用不着这样!"刘齐真的很害怕,事情如果像这样再发展下去,怎么收场呀?

就这样,一夜之间刘齐成了知名人物,走到哪儿都有人认出他,主动和他打招呼,亲热地说上几句,就连交通警察见了他,也客气了许多。刘齐自己的蓝天出租车公司自然不甘落后,召开了隆重的表彰会,美花在会上激动地介绍了刘齐的英雄事迹,胖经理作了慷慨激昂的讲话,说出了刘齐这个新时代的英雄,是蓝天公司的骄傲。

刘齐在主席台上如坐针毡。

会后,胖经理把刘齐叫到办公室,说:"我给你透个风,上面正在整理你的材料,准备要在全省掀起向你学习的高潮,你要做好思想准备。另外,抽空写篇发言稿,过两天市里开会要用。"

刘齐一听急了:"用得着这么夸张吗?我不去,我真的没有资格当这个英雄!"

胖经理语重心长地说:"刘齐啊,有没有资格不是你自己说了算,这是要由组织上来认定的嘛!你现在的任务就是好好准备发言,其他的就不要胡思乱想了。"

从办公室出来,刘齐就接到郑教导员打来的电话,说:"胡永安不行了,你要不要去医院看看?"

刘齐一听,如雷击顶,他愣了一会儿,立即驱车赶往医院。

刚进病房,就见美花和两个女儿正扑在胡永安已经蒙了白布的身上号啕大哭。刘齐一把拉住旁边的医生,情绪激动地问:"你们为什么不救他?不救他?"

医生无奈地解释说:"今天早上他的病情突然恶化,我们已经尽了最大努力了……"

后面的话,刘齐已经听不进去了,他心如刀绞,看着胡永安的亲人哭得如此凄惨,他一句安慰的话也说不出来。

晚上,刘齐躺在床上翻来覆去睡不着觉,这些天发生的事情像放电影一样在他的脑海里不停地闪现。撞人逃逸本来就是违法的事情,可自己却反而受到表彰,接下来还要到处去做报告,这算什么?他感到自己的心实在承受不了如此重压了!

第二天一大早,刘齐来到胖经理的办公室。胖经理一见到他,就笑呵呵地说:"好消息,下星期二开表彰会,市里有关领导都要参加,这两天你赶快把发言稿准备一下,写好了给我看一看,抓紧!"

可是刘齐却坚决地朝胖经理摇了摇头,说:"经理,这个表彰会我不能去。我不配!因为……因为,是我撞了胡永安!"

"什么?"胖经理吃惊得瞪大眼睛问,"你说什么?"

刘齐看着他的眼睛,一字一句地说:"是我撞了胡永安!我……要去投案自首。"

胖经理顿时呆住了!

突然,他像被针扎了一下,坐直了身子问:"这事还有谁知道?"

刘齐摇摇头说:"没其他人。"

胖经理"腾"地从椅子上跳起来,他急忙走到门口张望了一下,然后"砰"一声将门关上,凑近刘齐,悄声说:"听着,这事千万不要让第三人知道,会你照样参加,其他的我来想办法处理。这关系到我们整个公司的声誉,你可不能自说自话乱来!"

"不行!"刘齐斩钉截铁地说,"胡永安都死了,你说我还怎么忍心去领奖?要去你自己去,我实在没脸再站到领奖台上去。"说完,他头也不回地走出办公室,跳上出租车,径直向公安局赶去——他要去自首。

但是,当刘齐心情沉重地在公安局见到郑教导员时,郑教导员已经知道事情真相了,这使刘齐颇感意外。

郑教导员告诉刘齐说:"在你来之前,我们接到了你们公司经理的电话,他向我们提供了胡永安车祸的重要线索。"顿了一下,郑教导员又说:"不过,在我们找你之前,你能主动来自首,这一点我们会向检察机关提出的。"

后来,刘齐因交通肇事逃逸被刑事拘留。一个月后,法院判处刘齐有期徒刑两年,缓刑三年。

从法院出来的时候,刘齐的妹妹迎了上来,递给刘齐一封信,说:"这是胡永安的妻子美花回老家之前特地送来的,她说是在整理胡永安遗物时发现的,让我一定要转交给你。"

刘齐撕开信封,里面有一本存折和一封信。信上这样写着:

刘齐老弟:

你好!

不知你现在是否还为撞了我而感到内疚?其实你根本不用内疚,因为那晚是我自己想自杀。我有先天性心脏病,因为没钱,一直都没能治好,眼看着这几年病情越来越严重,成了家里的负担,我心里很不安。我想,如果被车撞死了,不仅可以帮美花减轻些负担,说不定还能有笔赔偿金,可惜你没能把我撞死。我为这件事给你带来的麻烦表示歉意,需要的话,你可以拿这封信证明你的清白。其实,你第一次来看我时,我就认出了你,那晚撞车的瞬间我看到了你的脸,但我没有勇气说出来。另外,你上次给的一万块钱,我让美花以你的名字存了起来,现在还给你。

祝好!

胡永安

读完信,刘齐呆呆地站在那儿,任凭存折从手中滑落到地上……

(明月阳)

(题图:安玉民)

做人要厚道

　　小伟是个农村娃,经人介绍,进城到一家"客上来"酒楼打工学手艺。

　　酒楼经理叫高明启,说话有些结巴。在办公室里,他上下打量了小伟一番,问:"你对……厨房里的活儿熟悉吗?"

　　小伟说:"俺在家时也做过饭,大伙都说俺的手艺好……"

　　高明启歪歪嘴:"你做的不过是乡下的大锅菜,和这里的做法完……完全不同。这样吧,你先干个杂工,我这就带你去厨……厨……"

　　"厨房。"小伟接着话茬说。

　　"啊,对,去厨房看看。"高明启打了个愣神,不由沉下脸说,"谁让你接我茬了? 以后不许接……茬,我自己会……会说。出来打工,最重要的是,做人要厚道,记住了没有?"

出了办公室,两个人一前一后走进厨房。

厨房地方不大,一个黑脸胖子正站在中间吆五喝六的,看样子是个大厨。这时候,一个小伙计急匆匆地从小伟身边挤过去,小伟一挪身子,不小心碰倒了案板上的一个佐料瓶子,只听"啪"一声,那瓶子掉在地上摔了个粉碎,里面的红色液体溅得满地都是。黑脸胖子见了立刻哇哇大叫起来:"哪里来的土包子,没长眼睛啊?"

高明启回头瞪了小伟一眼,责备道:"你这么大个人了,怎……怎么还这么毛毛糙糙? 这瓶佐料钱要从你这个月工资里扣……扣的哦! 还不快向吴师傅认……认错?"

说着,他自己就先向那个黑脸胖子打了声招呼:"吴师傅,这小伙子刚从乡下来,有什么不……不对的地方,你多担待。"

小伟心里觉得委屈,可还是朝那黑脸胖子点了点头。

高明启又叮嘱了小伟几句,然后就走了。

黑脸胖子余怒未消,没好气地瞥了小伟一眼,说:"我叫吴德来,以后你就叫我吴师傅。"

小伟说:"俺叫陆小伟,以后你叫俺小伟就行。"

吴师傅鼻子里"哼"了一声:"这儿不比乡下,你要懂规矩才行。什么是规矩,懂吗?"

小伟点点头,又摇摇头。

吴师傅"嘿嘿"一笑:"规矩,就是要一切听从我指挥,干好你自己分内的活。"

"哦,俺懂了。"小伟抓了抓头皮,"那俺现在干什么活啊?"

吴师傅指指地上一个大桶:"你先把这桶泔水倒了去。"

小伟一看那大桶,傻眼了,用手试了试,费力地提起来,可刚刚迈出灶间,脚下一绊,就连人带桶趴在了地上,桶里的泔水"哗"地一下泼了出去,引来众人一阵哄笑。整整费了大半天,小伟才把这块地方清扫干净,挨了吴师傅一顿训不说,当月工资先就减了半。

这天夜里,小伟伤心地哭了一宿。可是又有什么办法呢,替人打工,受气在所难免,小伟想明白了这个道理,从此就天天起早贪黑、巴巴结结地干,指望吴师傅能早点教自己做菜的手艺。可两个多月下来,吴师傅尽安排小伟打杂,连切葱的活儿也不给他做,更别说学手艺了。

过了一阵,厨房里又新来了一个伙计,可人家没出几天就上墩实习了,小伟心里羡慕极了,一打听,原来那伙计是专程来拜吴德来为师的。于是这天吃过饭,小伟便凑到吴师傅跟前,腼腆地笑着,说:"吴师傅,我想拜您老为师,学点儿手艺。"

吴师傅一愣,瞧了瞧他,问:"你怎么个拜法啊?"

小伟摸着头皮想了半天,想起电影里看到过的,于是就"扑通"跪在地上,给吴师傅磕起头来。

吴师傅摇摇头,说:"起来吧,起来吧,该干啥干啥去,这事儿再说,再说!"

他扭过头朝众人一努嘴:"真是个高粱棒子……"

屋子里顿时一片嬉笑。

小伟愣住了:吴师傅说的"高粱棒子"是什么意思?后来有人悄悄告诉他说,那个新来的伙计光是拜师酒就花了好几百块,再加上给吴师傅的拜师礼,上千。小伟这才明白过味儿来,原来拜师傅是这么个拜法啊!自己光磕个头,当然没戏了!

不过,这倒是刺激了小伟的求学欲望,他决定自己钻研厨艺,无论如何也要干出点名堂来,让吴师傅瞧瞧。打这以后,小伟下了班就偷偷溜进厨房,劈下白菜叶子练习刀功,难得的休息天就往书店跑,拿个小本子抄菜谱,忙得不亦乐乎。

这天中午下了班,小伟偷偷带着自己买的一块牛肉溜进厨房,他将牛肉切好,佐料配齐,选了一把平时没人用的大炒勺,准备做一盘辣炒肉丝。他没有照搬菜谱上的流程,而是按乡下大锅菜的做法精工细做了一番,出勺时,那浓郁的香辣味扑鼻而来。小伟夹起一筷肉丝,刚要放入嘴里尝尝,只听门"咣当"一声被人推开了,一帮人拥了进来,小伟心里一惊,手一哆嗦,筷子上的牛肉丝掉在了地上。

走在这帮人最前头的是吴师傅,双手叉着腰,朝小伟吼道:"我说这些日子厨房里怎么老是少东西,今天总算抓到你了!"

小伟赶忙解释:"这牛肉是俺自己买的。"

吴师傅冷笑一声:"人证物证都在,你还嘴硬?"

正嚷嚷着,有人把老板高明启找来了。

高明启说:"小伟啊,你怎么能干……干这种事呢?最近饭店生意一……一天不如一天,我都快急……急死了,你还在这儿给我……给我添乱。我不是给……给你说过,做人要厚……啊就厚道嘛!"

旁边围着的人也你一句、我一句地对小伟数落开了,好像是在开批斗会。

小伟低着头,牙齿咬得"咯咯"响。猛地,他火山爆发似的大吼一声:"够了!"

众人惊得顿时都打住了声儿。

"做人要厚道?啥叫厚道?俺就要说说清楚!"小伟一屁股坐到了案板上,"饭店生意最近是不好。可为什么不好?原料有便宜的就不买好的,为了压缩成本,肉丸子里掺了一多半面粉,做菜都是三分主料七分副料……"小伟越说越激动,他转向高明启,"高经理,你着急可以理解,可是越是生意不好你就越抠门,因为减工资,走了多少能干的人?这叫厚道?俺是个乡下人,说不来什么深奥的道理,可这都是俺的心里话啊!"

小伟一席话,说得高明启直咽唾沫,半天没张口。

一旁的吴师傅却上去一把揪住小伟:"你小子说话要负责

任，谁往肉丸子里掺一多半面粉了？你不要张着臭嘴到处乱咬，倒打人一耙！"

小伟也不示弱，推开吴师傅的手，理直气壮地说："谁掺假谁自己心里有数，你不教我手艺，我照样能学会！"

这下吴师傅真是火气冲天，他拿起小伟炒好的那盘牛肉丝，"啪"扣到案板上，厉声道："滚！你给我滚出去，这里有你没我！"

小伟"哼"了一声："俺正好不想干了，这里没俺想学的！"说完，拨开人群就冲了出去。

高明启愣了片刻，走到吴师傅跟前，拍拍他的肩膀说："别生气，吴师傅，我知道你也……也是为饭店着想。不过，我刚才琢磨……琢磨着，小伟那小子说的话还……倒还真有那么几分道……啊就道理！"

高明启说着，突然猛吸了吸鼻子，发现有股香味正从那盘扣在案板上的牛肉丝里飘散出来，他走过去，随手挑起几根放进嘴里，咂摸片刻，大叫起来："快……快把……把那小子给我拉回来！"

小伟被高明启拉进了办公室。高明启把小伟上下打量了一番，好像刚刚认识一样："小伟啊！那道菜……"

"俺都说过了，那是俺自己花钱买的牛肉！"

"这个我知道。我是说，你那道菜，味道……味道很……很特别啊！是从哪儿学的？"

小伟说："这是俺家乡菜，不过下锅炒的时候，俺用了菜谱上介绍的办法。高经理，其实也没什么特别的，就是用的都是实打实的原料，不骗人。"

高明启听得直点头："这样吧，我给你安排几个人，你把你的家乡菜全部拿出来，另开一灶，好不好？"

啊？小伟一听，这不是让自己从杂工一下升到厨师啦？他当然高兴，不假思索地马上就应下来了。

几天后，客上来酒楼门口出现了一块醒目的大牌子：本店特推乡菜系列,绝对实在的味道,请诸位品尝。厨房另起了一套炉灶,由小伟掌勺,与吴师傅平起平坐。

三个月后,奇迹出现了,客上来的生意逐渐火爆起来,而且客人们大多是冲着乡菜来的。更振奋人心的是,高明启破天荒地给酒楼全体职工加了薪水,员工们顿时士气大振,干活越加卖力了。

这天,高明启把小伟和吴师傅一起叫到办公室。高明启开门见山说:"我把二位叫来,有件事情要说。吴……吴师傅,你也看到了,现在乡菜的上座率越来越高,小伟的副灶已经应付不过来了,我想让你的主灶腾出来给他,你呢,就委……委屈再另开一灶吧!"

高明启话音刚落,小伟就"腾"一下站起来,说:"这不成,这太对不住吴师傅了!"

可吴师傅却对高明启说:"行,我同意,一切就按你吩咐的做吧!"说完,他面无表情地起身走出了办公室。

过了一个星期,这天晚上下班后,小伟正在宿舍里看菜谱,吴师傅走了进来,说要请他出去喝酒,这让小伟很感动,就跟着去了,一直喝到后半夜才回来。谁知,第二天下午,出事情了,饭店里丢了一箱名贵酒,几个伙计说去小伟屋里借书,竟在他的床铺下发现了那箱酒,他们拧着小伟的胳膊就想往派出所里送。小伟哪里肯,挣脱之间脑袋上重重挨了一下,就昏了过去。

醒来时,小伟发现自己躺在医院的病床上,高明启与吴师傅都坐在床边。高明启见小伟醒了,忙握住他的手问:"感觉怎……怎么样?"

"高经理,我……"小伟想说什么,却觉得一阵头晕。

"不要说了,我清楚得很。"高明启瞟了一眼坐在旁边的吴师傅,说,"我以前对农村来的打工仔有偏见,可小伟你让我改变了看法。前些日子,我要给你加工资,你不同意,说成绩是全体员工干出来的,宁愿你自己少拿钱,也要我给大家先加薪,尤其是吴师傅。像你这样的人怎么会偷东西呢?打死我也不会相信啊!"

吴师傅在旁边听了,脸色不禁为之一变。

躺在床上的小伟却一脸惊奇:"高经理,你……你怎么不结巴了?"

"对啊!"高明启下意识地拧了拧嘴巴,"你要是不说,我还……还……还就不知道!瞧,又……又结巴了不是?"他话锋一转,"这件事情不能这样完了。不是想送你去派出所吗?好,咱就去,咱一定要查他个水落……啊就石出!"

坐在旁边的吴师傅此刻脸上一阵白、一阵红的,想说什么又张不开口。

小伟把这一切都看在眼里,他接着高明启的话茬抢先说:"高经理,这事儿可不能这么办啊!俺进入这个行当虽然时间不长,可俺知道,厨房里干活的人如果偷东西被抓住,那他今后在这个圈子里就没有了出路,这无疑是断了活路啊!你常说做人要厚道,我想,这个时候,咱就应该厚道一下,你说是不是这个理儿?"

高明启听了,赞赏地看着小伟直点头。

此时,病房里寂静无声。突然,吴师傅站起身来,长长地吐出一口气,说:"小伟……我……我彻底服你了,所有的事情其实都是……"

"不,吴师傅,别说了,事情都已经过去了!"

"好,不说了。"吴师傅苦笑着,"想当初,你给我下过一次跪,要拜我为师,我还嘲笑你。如今,我要拜你为师,我要学的不止是厨艺,还有做人。这话说得多好:做人要厚道!"

说完,吴师傅"扑通"一声跪在了小伟的病床边。

(李　健)

(题图:王申生)

道德多少钱一斤

　　傍晚亮灯的时候，马老汉卖瓜回来，刚拐进村口，冷不防被迎面开来的摩托车撞了一下，马老汉一时站立不稳，摔倒在地上，腿破血流。那摩托车上的人见撞了人，不但不下来，反而一溜烟不见了踪影，后来还是村里人把马老汉送去了医院。

　　幸好没有伤着骨头，医生做了缝合小手术之后，马老汉就回家了。左邻右舍都来看他，有人问："没看清是谁撞的你？"

　　马老汉说："怎么没看清，三苟呗，碰上这家伙，算我倒霉。"

　　三苟是村里一个游手好闲的小痞子，整天和一帮哥儿们搅在一起打架斗殴，村里人提到他都摇头，马老汉碰上这样的主儿，为了省心，只好忍气吞声。

　　可万万没想到的是，第二天，三苟反而找上马老汉的门来了,说满村子的人都骂他缺德,说他撞了马老汉还不承认。三苟冲着马老汉劈头就问:"你凭啥说是我撞的你?"

马老汉原本想息事宁人不找他说理了,可现在看他这副盛气凌人的样子,气就不打一处来,扯着喉咙说:"怎么不是你,你以为我没看清楚?"

三苟的喉咙却比马老汉更响:"你说是我,那你交个证人出来!"

马老汉顿时傻了眼:被撞的时候旁边根本就没有人,找谁来作证? 马老汉实在气不过:"你撞了人你还有理了? 你不觉得自己欺人太甚吗? 你还讲不讲做人的道德啊?"

马老汉气得手脚冰凉,三苟却"嘿嘿"冷笑一声:"道德? 道德多少钱一斤?"

马婶在里屋实在听不下去了,也知道跟三苟这种人争不出理来,只好走出来劝道:"三苟,既然你说不是你撞的,那我们也认了,我们又没去找你麻烦,这事儿就到此算了吧?"

谁知三苟却鼻子一哼,说:"你们说得倒轻巧,现在村里人都在骂我,你们要赔偿我的名誉损失。"

马婶糊涂了:"咋个赔法?"

三苟伸出一个手指头说:"一个星期之内,你们赔我一千元,这事儿就算扯平了。要不,我跟你们没完!"他一边嘀嘀咕咕着,一边出了门。

老两口都听傻了:他这不明明是在敲诈吗? 可这号无赖他们哪里得罪得起呀,跟他闹翻了,今后栏里的牲畜养不了,地里的瓜也别想卖出去。思来想去,马老汉只得把牙一咬,对马婶说:"咱斗不过他。得,给就给吧,就当给他买药治癌症去!"

马老汉说是这么说,可一时哪拿得出这么多钱呀,所以从那天开始,马婶每天把马老汉安顿好了,就四处去借钱。

这天她刚要出门,来了一个白白净净城里人打扮的姑娘,进门一看马老汉腿上缠着纱布,靠在躺椅上,就彬彬有礼地问:"请问,您老是马金贵马大伯吗?"

"是啊,你是……"马老汉一脸疑惑。

姑娘快言快语说:"马大伯,我今天是特意来向您道歉的。"

"向我道歉?道什么歉?"马老汉丈二和尚摸不着头脑。

姑娘说:"前天晚上,我哥骑摩托车到你们村里来办事,回去的时候不小心在路口撞了您,因为当时急着赶路,他身上又没带钱,所以就没敢停下来照顾您。今天他一定要我赶来向您道歉,这两千块是给您老的医药费和营养费。"说着,姑娘掏出钱,放在桌子上。

马老汉愣住了:明明是三苟撞的自己,怎么突然变成了另外一个人?马老汉脑子里涌出一连串的问号:"你哥是谁?他认识我?他怎么知道撞的是我呢?"

姑娘说:"马大伯,请原谅,我哥在我来之前再三关照过,不让我告诉您他是谁。他做下了错事,不好意思让您知道,反正他认识您,就请您好好养身子吧!我回去了,我的任务完成了。"姑娘说完,就向老两口道别,"以后二老进城的话,来我们家玩,我们家姓杨,就住在电影院隔壁,一问杨家就知道。"

姑娘走了半晌,老两口还没回过神来。马老汉不相信自己会看走眼,可人家都上门认错来了,还有什么可说的?马老汉不由为自己错怪了三苟而不安起来:三苟虽说不是块好料,可不管怎么说,真不是他做的,也不能赖在他身上啊!

马老汉于是便对马婶说:"不如你把这钱送三苟那里去,就算我们向他赔礼道歉了。"

马婶想想也是,于是赶紧就把这钱给三苟送了过去,回来时对马老汉说:"这痞子,今天也知道认个理了,我把姑娘来家的事儿一说,他半晌没吱声。"

故事到这里本该结束了,没料精彩的还在后头。

这天晚上,老两口正吃着饭,突然从门外闯进一个人来,进门就"扑通"一声跪在地上。老两口吓了一跳,一看原来是三苟。

三苟说:"大伯,我不是人,我对不起你,我是来向你赔罪的。"一边说,一边扇自己耳光。

老两口慌了神:这算怎么回事?

马老汉问:"三苟,出啥事儿了?你起来说。"

三苟从地上爬起来,痛哭流涕地说:"大伯,我不是人,那晚确实是我撞的你,我太混蛋了,我把钱退给你。另外,这两百块钱给你买点营养品,补补身子吧!"

马老汉惊得差点从凳子上跌下来:"三苟,你……你葫芦里到底卖的什么药?"

三苟见马老汉不相信他的话,急得双脚直跳:"大伯,真是我,那天确确实实是我撞的你。"为了证实自己这回说的是大实话,他还把当时撞的一些细节说了一遍。

这一来,马老汉不能不信了,自言自语道:"我是说我不会看错人啊!可也奇怪了,那姑娘的哥又是咋回事呢,总没人愿意平白无故把事儿往自己身上揽吧?"

其实马老汉不知道,三苟这么做,也实在是出于无奈。原来他撞马老汉的那会儿,城里正巧发生了一起凶杀案,被杀的姑娘曾经和三苟打过交道,公安部门排查缉拿凶手,三苟成了排查对象,为了摆脱嫌疑,三苟只好老老实实到马老汉这儿来认账,他求马老汉去公安局为自己作证。

事关重大,该作证马老汉自然会去作证。但那姑娘的哥又是怎么回事,总得弄明白吧?所以马老汉腿伤好了之后,就坐上大客车进了城,在电影院旁边,他果然找到了杨家。但让他大大吃惊的是,他竟在这里意外地碰到了三苟。

原来,杨家兄妹都在深圳打工,姑娘她哥和三苟是老同学,三苟今天是特地来看同学的,可不巧同学昨天临时被单位喊了回去。

三苟也吃惊:怎么会在同学家里碰到马老汉?

此刻,马老汉顾不上和三苟说话,立刻问姑娘给他送钱的事儿,这才知道世界上的巧事都堆在他一个人身上了。

原来当年读书的时候,有一回暑假,姑娘她哥到三苟家玩,曾经在马老汉的瓜地里偷摘过西瓜,不料被毒蛇咬了一口,是马老汉一路跑着把他送到了医院,医生说再晚来一步,她哥的性命就难保了。姑娘的哥是个记情的人,许多年过去了,他一直把这事记在心上,这次回来探亲,原本想用自己打工挣来的第一笔钱买点东西去看看马老汉,可又怕他不肯收,正巧无意中得知马老汉被人家摩托撞了又找不到主儿,便让妹妹专程送来那笔钱,而且自己故意认下错,目的就是好让马老汉心安理得地把钱收下。

马老汉被深深地感动了,对姑娘说:"都十多年过去了,你哥还这么记得我,我很知足了,可这钱不能收啊!"

马老汉硬是把钱塞回给姑娘,三苟站在一边,羞得无地自容。

回村的路上,马老汉看三苟一副后悔的样子,语重心长地说:"三苟啊,你老同学这样的人那才叫有良心有道德呢! 你不是问我'道德多少钱一斤'吗,现在你知道了吧?"

(徐国泰)

(题图:魏忠善)

谢谢你的爱

　　一天，临江市故事作家萧志平接到一位文友的来信，说他五年前写的一个故事《谢谢你的爱》被人抄袭了，发表在外省的一家故事杂志上，这本杂志现在正在书摊上出售。

　　萧志平立即到街上买来那本杂志，翻开一看，开篇就是《谢谢你的爱》，他一口气读完，从标题到标点，果然与自己写的一字不差，只不过作者署名改成了"楼云辉"而已。

　　如此行径，与盗贼有什么区别？萧志平义愤填膺，马上把自己当年发表的作品复印了一份，又写了一封充满火药味的信，一并寄到那家故事杂志去"讨个说法"。

　　半个月后，回信来了，那家杂志的编辑除了向萧志平表示歉意外，还附了作者楼云辉的检讨书，并说萧志平看了检讨书后，有什么处理要求,可以再写信告诉他们。

楼云辉的检讨书是这样写的:

尊敬的萧叔叔:

您好!非常对不起,我就是抄袭了您作品的那个无知学生,现在以一种十分悔恨的心情向您表示无比歉意!

萧叔叔,我想把我的身世告诉您,以求得您的谅解。

我本来有一个温馨的家庭,可在十二岁那年,父母离婚了,所以我与七十岁的爷爷生活在一起。开始几年,父母每隔一段时间还来看看我,但自从他们各自有了新家后,就每月给我很少的一点生活费,再也不来看我了。现在,爷爷年纪大了,患有严重的风湿病和高血压,但还要为我上学日夜操劳。有时候,看到爷爷因为生活困难唉声叹气,我确确实实想出去偷,去抢,去做一个坏孩子,但最终还是忍住了。后来,我听说投稿有稿费,就试着抄了您的那篇作品,想不到立即发出来了。爷爷犯病了,我就是靠着这笔稿费把爷爷送进医院的。现在爷爷还在医院里,我真不知道该怎么办,编辑部让我把稿费退给他们,可我拿什么去退呀?

尊敬的萧叔叔,再过几个月我就要初中毕业了,在这个时候,请您原谅一个无知少年的过错吧。我会记住这个教训的,一定记住,请您相信我好吗?

啰啰唆唆写了这些,不知萧叔叔会不会原谅我,就此打住了,我还要赶到医院去给爷爷喂饭哩!

一个知错的学生 楼云辉

萧志平读完这封信后,真是百感交集,连眼圈也发酸了。他怎么也没想到,抄袭者背后竟有这样一个催人泪下的故事。

萧志平小时候因为父母离异,吃过不少苦,他完全能理解楼云辉的心境，要不是远隔千里，他真想马上去看看他，给他安慰帮助。于是萧志平立即写了两封信，一封给编辑部，要他们原谅楼云辉，千万不要"曝光"批评和去追回那稿费了；另一封给楼云辉，表示对他的行为完全谅解了，也不要再为退回稿费的事犯难，希望他丢下包袱，好好学习，照顾好爷爷，争取以后有出息。

之后，萧志平的心好长一段时间不能平静，还经常牵挂着楼云辉，惦记着他爷爷的病是不是好了，惦记着他的学业有没有受影响。有时，萧志平还把楼云辉的那封信拿出来看了又看，每看一遍，他的心里就要难受好一阵子。

几个月后，那家故事刊物为了给萧志平一个补偿，邀请他去参加笔会，地点安排在一个遥远省份的风景区，费用全由他们包了。

盛情难却，萧志平风尘仆仆地去了。到了那里才知道，那个风景区离楼云辉所在的县城不远，只一个小时汽车的路程。萧志平大喜过望，连忙抽了半天时间，买了一些学习用品，去看望楼云辉。

萧志平来到学校，正是上课时间，他找到老师们的办公室，里面坐着一位女教师。

女教师问他有什么事，他说是来找楼云辉同学的。

女教师上下打量他一番，说："楼云辉是你什么人？他正在上课，我带你去吧。"

萧志平跟着女教师来到一间教室外，女教师说楼云辉就在里面上课，萧志平从窗口往里面一看，里面坐着不少学生，正在聚精会神地听老师讲课，便说："先不要打扰他们，我就在门外等吧，麻烦你告诉我哪位是楼云辉同学，等他下课了，我再找他。"

女教师笑出了声："怎么，你还不认识楼云辉？那位讲课的就是，他是语文老师，正在给学生上写作课。"

萧志平顿时像被人打了一巴掌，呆了："怎么，那位老师就是楼云辉?"

女教师顿时惊异不已:"你不是要找楼云辉吗?"

萧志平说:"我要找的楼云辉是一位毕业班的学生。"

女教师摇了摇头:"毕业班的学生里面没有一个姓楼的,我们学校叫楼云辉的就这位楼老师。"

萧志平愣住了!他不由又朝教室里望去,正在这时,他看到那个楼云辉手里正挥着那本故事杂志,对学生们说:"下面,我就向同学们介绍一下我创作《谢谢你的爱》这个故事的几点体会……"

萧志平听了,差点晕过去。

他这时才明白,自己遇上了"高手",楼云辉写给他的那封信才是真正的创作,而且称得上是一篇让人震惊的"杰作"!

(赵和松)

(**题图**:魏忠善)

考　　验

　　几年前，马里奥还是个以偷盗为生的小混混，而今却成了洛克市首屈一指的房地产商人。眼下，经过一番异常激烈的竞标，他又独揽了托特市市政大楼的改建工程。

　　此时，天色已暗，马里奥正兴奋地驾驶着他的黑色奥迪 A8，全速行驶在从托特市返回洛克市的宽阔的路上，驶到一个上坡路段时，马里奥把速度减了下来。

　　突然，他听到一阵轰鸣声，从后视镜看去，只见一辆轿车正从后面摇摇晃晃地驰来，就像是喝醉了酒的莽汉，没一会儿就从他身边擦了过去。而就在这当口，一辆摩托车正从对面以极快的速度开过来，只听"轰"的一声巨响，摩托车连人带车被轿车撞得飞了起来，骑车人重重地摔在了路边的岩石上，而那辆肇事轿车居然只是稍稍停了一下，便一溜烟消失在了茫茫夜色之中……

马里奥被眼前这一幕惊呆了！很明显，这是一起肇事逃逸事故，只可惜光线太暗，他没有看清那辆肇事轿车的车牌，但可以肯定的是，这是一辆车型和自己一样的黑色奥迪A8。再看那个被撞的骑车人，脑浆四溅，摔在地上早已不会动弹。

马里奥叹了口气，却没有报警，正所谓事不关己、高高挂起。

一个小时之后，马里奥顺利进入了洛克市区。街旁的店铺早已关门打烊，可当他路过"本杰明心理诊所"时，却发现里面依然灯火通明。对于马里奥来说，这是一个亲切的地方，因为只有在那小小的治疗室里，他才可以毫无戒备地稍稍放松一下。这几年，激烈的市场竞争几乎压垮了他脆弱的神经，所以他平时一直靠心理治疗来不断调整自己。望着亮着灯的窗户，他下意识地放慢了车速。

本杰明是马里奥的第二个心理医生。此前，马里奥有过一个心理医生，叫安妮娅，他曾是那么信任她，常常将自己心中的烦心事毫无保留地讲给她听。可让他没有想到的是，在不久前的一次竞标中，安妮娅竟然不顾职业道德，将他在心理治疗时无意中说的标底，以高价卖给了他的对手，害得他一夜之间损失了近千万。后来，在朋友的介绍下，马里奥才找到了现在这个心理医生本杰明。

本杰明名气很响，几次接触下来，也给马里奥留下了不错的印象，但曾经的伤痛还是让马里奥对本杰明心存芥蒂。望着亮着灯的窗户，马里奥慢慢停下了车，一个近乎疯狂的主意，涌上了他的心头。

马里奥从车后厢里取出一瓶白酒，猛灌了几口，然后一摇三晃地走到诊所门前，摁响了门铃。

本杰明医生开门一看是马里奥，不由有些吃惊："马里奥先生,你怎么来了? 今天可不是我们预约的时间呀?"

马里奥挺会演戏,这时候,只见他哆嗦着嘴唇,却说不出话来,脸上显出极度惊恐的表情。

本杰明一看,急忙将他拉进心理咨询室,关上房门,然后开口问道:"马里奥先生,是不是发生什么事情了?"

马里奥神情凝重地说:"今天我去托特市签一笔合同,在答谢酒会上多喝了几杯,刚才从托特市往回赶的路上,不小心将一个骑摩托车的人撞死了。我害怕受到处罚,所以就……就驾车逃逸了……"

听完马里奥的讲述,本杰明沉思了片刻,他拍拍马里奥的肩,缓缓地说道:"马里奥先生,作为一个守法的公民,我该劝你尽快去警察局自首。不过在你去自首前,你是我的病人,我会为你严格保守秘密的,这一点请你放心。"

从诊所出来,马里奥脸上的阴云不见了,嘴角浮上了一丝轻笑:这只不过是他对本杰明的一个考验,看本杰明是否真的如人们传说的那样,是个严守病人隐私的心理医生。如果这一切都是真的,以后他才会毫不设防地与他进行交流;退一步说,即使本杰明向警察告了密,自己也不会有太多麻烦:因为事情毕竟不是自己干的。

几天后,当马里奥翻开当地报纸时,他一眼看见一则悬赏公告:吾儿瑞恩,于本月五号晚上,在洛克市赶往托特市的路上,遭遇车祸,不幸身亡,肇事者逃逸。现悬赏一百万,急寻目击证人。提供线索者,请与洛克市警察局联系。"

看完公告,马里奥不禁哈哈大笑起来。这几天,他正为如何进一步考验本杰明而犯难呢,现在这则悬赏公告,无疑是雪中送炭呀!

这天早上,马里奥驱车经过洛克市警察局时,突然发现本杰明戴着一副大墨镜,正急匆匆地向警察局走去。他的心一下揪紧了：难道是本杰明看了悬赏公告后要到警察局去报案？这可是马里奥不愿意看到的结果。要知道，心理医生对患者进行治疗时，都要进行现场录音，虽然这盘录音带不足以将他治罪，但考虑到这段时间，他正在参加一个上千万投资的工程投标，如果被这桩无中生有的官司缠身，那么自己公司的信誉将大打折扣，他很可能会失去这笔大买卖。这么一想，马里奥不禁为自己当初的荒唐行为而后悔不已。

思来想去，马里奥决定晚上到本杰明诊所走一趟。他想，如果那盘录音带已被本杰明送去警察局，那他也只好自认倒霉；如果那盘录音带还在，就将它偷走，以免留下后患。

当晚，马里奥面罩黑纱，身穿黑衣，早早就潜伏在本杰明诊所外面的花丛中，直到几十分钟后，诊所里的灯灭了，一脸疲惫的本杰明走出诊所，钻进汽车，朝家驶去，马里奥四下打量了一番，在确定没有什么异常情况后，就悄悄钻出花丛，轻手轻脚地来到诊所门口。他拿出早已准备好的万能钥匙，拧开诊所的门，闪身进去，很快就找到了那盘录音带。

可就在他刚掩上诊所门的时候，一道亮光射来——本杰明的那辆白色福特车居然又开回来了！马里奥一见，迅速转上公园的小路，撒腿就跑。而在他身后，本杰明一边喊着"抓小偷"，一边紧紧追了上来。

马里奥不敢回头，只是拼命狂跑，可就是甩不掉身后的本杰明。不知不觉，他竟跑到了穿城而过的维拉河边的大道上，马里奥只觉得浑身发软，奔跑速度明显慢了下来。

眼看着就要被抓个人赃俱获，马里奥突然使劲儿一挥手，甩手将录音带扔进了维拉河里。时值隆冬，河里的水早已结了冰，那盘录音带在冰面上滚了十几米，最终停在了河中央。

一见录音带被丢到了冰面上，本杰明马上调转方向，直奔冰面，他几乎是连滚带爬地冲到河中央，拿到了录音带。可就在他转身返回的瞬间,他的脚下突然一滑,整个人"噌"地一屁股坐到了冰面上,巨大的力量使原本就不太结实的冰面"哗啦"一下立刻断裂开来,本杰明还没来得及挣扎,就掉进了冰下滚滚的暗流之中……

本杰明医生下葬这天,洛克市下起了鹅毛大雪,马里奥怀着十分愧疚的心情来到了葬礼现场。

头发花白的老牧师宣读完悼词,又小心翼翼地掏出一个日记本,异常庄重地说道:"这是本杰明医生生前最后一篇日记。它上面这么写着:亲爱的儿子瑞恩,虽然我已经知道将你撞死的凶手是谁,可我却不能将他的名字告诉警察,因为他是我的一个病人,为病人保守秘密,这是我们心理医生最起码的职业道德。可是面对你的惨死,面对警察的无能为力,我不得不用悬赏公告的形式,来向你表达一个老父亲的无奈,但愿这能为你的死讨一个说法……"

马里奥听到这里,再也没能控制住自己的情绪,他一头跪倒在地上,悔恨的泪水喷涌而出。

(曲育乐)

(题图:佐 夫)

与 人 为 善

在一切道德品质之中,善良的本性在世界上是最需要的。良心比天才更难得。

一文钱憋倒英雄汉

　　宋太祖赵匡胤年轻时是一个市井的混混儿,仗着一身好武艺,与人三言两语不和便大打出手。他头脑聪明,常常设下陷阱诱别人去钻,使本来无理的事变成了有理。

　　有一年夏天,赵匡胤出远门,行至半路,前不着村后不着店,他直觉得饥渴难耐,头昏眼花。搭眼一望,猛然见不远处有一片西瓜园,一个老农正在瓜地里忙碌,赵匡胤喜不自禁,可一摸口袋,分文全无,脚步不由得停下了。

　　他思忖片刻,一拍脑袋:有了! 这才快步向瓜地走去。

　　走至老农跟前,赵匡胤一拱手说:“老人家,我想买个瓜吃。”

　　老农很热心地挑了个瓜,递到他手里。

　　赵匡胤将瓜掂了掂,说:“这瓜如果不熟不甜,我可不给钱。”

老农爽快地说:"哪里话,客官尝尝就知道了。"

赵匡胤一拳将瓜砸开,取出瓜的中央部分,哪里等得了品尝味道,三口两口便连瓤带籽一起吞进肚里,然后皱着眉头说:"这瓜熟是熟了,可是不甜。"

老农看了看他,一言不发,又弯腰挑了一个。

赵匡胤又一次吃完瓜的中央部分,说:"这瓜更是生的。"

就这样赵匡胤专吃瓜的中央部分,转眼间被他糟蹋的瓜已堆成了小山。他扔一个,老农就耐心地为他再选一个,不急不躁,仿佛面对的是一件再正常不过的事情。

赵匡胤终于吃饱了,心里在想:这老头以为我有钱,肯定会狮子大开口,敲我竹杠,到那时我就骂他讹人,一文钱不给,打马就走。于是他抹抹嘴巴,轻松地说:"最后这个瓜是熟透了的,你要多少瓜钱?"

老农真沉得住气,慢条斯理地说:"客官给一文钱足够了。"

这下轮到赵匡胤傻了眼,窘在那里面红耳赤,张口结舌。他万没想到老头只要一文钱,这总不能说对方是讹人吧?

情急之中,赵匡胤解下腰刀,说:"这把刀值几两银子,抵给你吧。"

老农摇摇头说:"杀鸡宰鸭何用此物!"

赵匡胤又指着身后说:"那边树林中有根镶铁齐眉棍,是我须臾不离身之物,抵作瓜钱想必足够了。"

老农还是不住地摇头,说:"烧火担柴也太重了。"

赵匡胤真急了,去树林边拉过自己心爱的枣红马,说:"先把马抵押在你这里,等我去城里取来银两加倍奉还,这总行了吧?"

老农还是摇头,一点也不肯让步,说:"我只要你一文钱,难道你一文钱都没有吗?"

赵匡胤这时恨不得找个地缝钻进去。

老农正色道:"客官不知道吃瓜是要付钱的吗? 既是一文钱

没有,客官又为何如此呢? 早和老夫讲明,送你一些便是。"老农顿了顿,又说,"老夫观客官相貌堂堂,一表人才,若好自为之,必能成一番大业,不料却是一个鸡鸣狗盗之徒,可惜了,可惜了!"说罢,老人连连摇头,转身而去。

赵匡胤沮丧地跨上枣红马,他扭头看看瓜地,牢牢地记住了这个地方。

自此以后,赵匡胤幡然醒悟,痛改前非,终于成了一个行侠仗义的英雄好汉,得到众人的尊敬和拥戴,直至陈桥兵变,黄袍加身,成了大宋开国皇帝。

做了皇帝以后,赵匡胤特地派人访到老农,赏其良田千顷、金银万贯。

从此,民间也留下了这个"一文钱憋倒英雄汉"的故事。

（张国庆　搜集整理）

（题图:俞耀庭）

良心无价

清朝年间,富春江畔的金牛村出了个秀才,姓朱。可是,这个朱秀才怀才不遇,到老还是个秀才,而且家境很穷,又没子女,跟他老伴相依为命,过着清苦的日子。因为他手不能提、肩不会挑,只得以教书为生,因此大家都叫他朱先生。

这年,朱先生被三十多里路外的一个财主请去教书,从正月初五起一直忙到腊月二十七,才拿了财主家给的八两银子,匆匆往家赶。

一路上,他无心观景,也顾不得歇脚,只顾急匆匆赶路。走着走着,忽然前边村里传来嘈杂的人声,哭的、叫的、骂的、喊的,乱成一团,朱先生觉得奇怪,急忙上前看个究竟。他发现一伙人拖着一个年轻女子,强迫她往村外走,另外老老小小一帮人则拉住她不放,还边哭边情。

一见这情景,朱先生心有不平,便上前说开了话:"哎哎哎,你们这样在光天化日之下强抢民女,就不怕触犯王法吗?"

那些强拖女子的人见半路杀出个程咬金,都吃了一惊,唯有一个高个子似乎不慌,眼一斜,说:"唔,是哪路英雄,敢在此多管闲事?"

朱先生也不示弱:"路不平众人踩,理不公大家评,我凭自己的良心要管管这件事!"

高个子笑笑说:"好,很好,告诉你,这小女子的丈夫欠我们东家银子还不出,没办法,只得拿他老婆抵债,你看这理公不公?"

朱先生一听这事,不觉心里打了个"咯噔",心想:这欠债的事怎么办呢?

高个子见他愣住了,又说:"你既然有良心,何不代他们把债还清,那不就路也平、理也公,皆大欢喜了吗?"

"他们欠多少钱?"

"不多不多,连本带利才八两银子。"高个子说着,掏出借据亮了亮。

朱先生一听,二话不说,将那一年辛苦所得的银子递给高个子,换回了那张借据,救了那可怜的小女子。

小女子全家人都感动得跪在朱先生面前,一边磕头一边致谢。朱先生急忙一个个将他们扶起,又安慰了一番后,便告辞回去了。

到了家,老伴已在门口等他,他进门屁股还没坐热,老伴手一伸,说:"快拿出来吧。"

朱先生一愣:"什么?"

"你是装傻呢,还是老糊涂啦?再过两天就过年了,家里一点东西都没买,我天天都在等你的银子呀!"

　　朱先生这才意识到自己只顾帮人,而把家里等着用钱的事忘了。但如今生米已经煮成熟饭,只得如实相告:"唉,可惜我是连一文钱也拿不出了。"他把路上的事原原本本说了一遍。

　　老伴知道朱先生从不说假话,觉得他做得也对,可这年怎么过呢?想到这些,她鼻子一酸,就"哇"地一声哭了起来。

　　她这一哭,朱先生慌了手脚,连说:"你哭么不用哭,年总是要过的,钱么我去借借看。"说完,便迈步出门走了。

　　老伴止住了哭,心里暗想:唉,这过年过节的时候,上哪儿借钱去?她一抬头,看见墙上贴着的那张写着两个大字的纸头,那是朱先生亲笔所写,亲手贴上的。记得他曾说过:"这两个字念'良心',良心是世界上最宝贵的东西。一个人如果没有良心,就好像没有灵魂……"想到这里,她不禁心里一动,连忙移过凳子,爬到上边,小心地揭下那张纸头,然后跑到镇上的一家当铺里,递上纸头说:"喂,当了。"

　　当铺伙计接过纸头,展开一看,摇摇头说:"这东西不值钱,不能当。"

　　老太太一听火了:"你说什么?我家先生讲,这是最宝贵的东西,你说它不值钱?看来你根本不识货,还是叫你们老板出来!"

　　老板来了,细细一看后对伙计说:"看来是哪个文人穷困潦倒,弄两个字来打秋风。算了,过年过节的,别跟她计较,给三百个铜板,打发她走就是了。"

　　老板这样吩咐,伙计当然照办。

　　老太太拿了三百个铜板,高高兴兴回到家里。她见朱先生愁眉苦脸地坐在那里直叹气,便笑着说:"好了,好了,用不着唉声叹气,过年的钱有啦。"说着,把三百个铜板往桌上一放,"你看,不骗你吧!少是少了点,总比一文没有好。"

　　朱先生见了铜板,两眼睁得圆圆地问道:"你从哪里弄来这些铜板?"

老伴还是笑笑,说:"你放心,我一不偷二不抢,三不拐四不骗,只是动了个脑筋,把'良心'拿去当了。"

朱先生抬头一望,果然不见墙上那两个字,不觉大吃一惊,便没好气地说:"哎呀呀,你怎么能这样做呢?缺吃少穿都不要紧,没了良心那还了得,比禽兽不如呀!"

"你不能再写两个贴上去吗?"

"好啊!我写了贴上去,你撕下来拿去换钱,这成何体统!要是传扬开去,岂不让人笑掉大牙。快快快,你快去赎回来!"

老伴一听,觉得丈夫说得有理,于是抓起铜板,心急火燎地赶到当铺里,大声说:"哎,还我良心!"

伙计一看又是她,就说:"不是给你三百铜板了吗,你怎么又来了?"

她把铜板往柜台上一放:"我家先生说了,良心不能当,让我马上赎回去!"

当铺的伙计呆住了,他万万没想到老太婆会来这一手。刚才以为人家是打秋风,所以用三百个铜板打发她走了以后,他就把那两个字扔进了字纸篓,偏偏勤杂工又来清理纸篓,拿到门口,一把火烧了个精光,可现在老太婆又要赎回去,这可怎么办呢?为此,伙计只得去求老板。

老板当然知道这是件棘手的事,但他却一点不慌,笑嘻嘻地对老太太说:"大妈,我很想见见你先生,请他来我这里谈谈,好吗?"

老太太走后,当铺老板立即吩咐备好上等酒菜,他要像接待贵宾一样接待朱先生。

一切准备就绪,朱先生也很快来了。可是这个穷秀才却不领情,就是不肯入席,他摇摇头说:"我向来滴酒不沾,饭也刚刚下肚,恕我不能奉陪。老板有什么吩咐,直说无妨。"

这一来,老板心里直敲点鼓。他原想用好酒好菜把穷秀才灌晕,然后再给点钱意思意思,事情也就过去了,可朱先生死活不上钩,看来这竹杠敲起来就凶了……他左思右想没办法,只得把"良心"二字丢失的事和盘托出,并请朱先生提出个解决办法。

谁知朱先生听罢笑笑,说:"既然老板直话直说,那我也就不拐弯抹角了。那两个字是我所写,贴在墙上是为了时时记住:别忘了良心。但我妻子不知深浅,瞒着我把它拿来典当,这不是拿自己的良心换钱吗?万万使不得!所以我得知后,要她立即赎回。既然字已没了,那就算了,三百个铜板还给你们,到此了结。好,我告辞了。"

朱先生这番话真是深深地打动了当铺老板,他拉住朱先生说:"别忙,我还有一事相求,本当铺缺一位账房,不知先生能不能相帮?"

朱先生一怔,说:"如果老板真的需要,在下理应效劳。"

"好,那就一言为定!"老板说着,又拿出十两银子,"这点银子你先拿去过年零用。过年后,正月初三请来上任,怎么样?"

朱先生点点头说:"可以。"接过银子,告辞而走。

朱先生和他老伴开开心心地过了年,年初三一早,朱先生就来到当铺做起账房先生来了。

吃过早饭,一阵爆竹响过之后,当铺开始营业。老板交待说:"今天我们开市,是一年的头一天,来了生意,你们一定要和气相待,把生意做成,讨个开市大吉的彩头。"说完,带着妻子、孩子出门拜年去了。时至中午,当铺冷冷清清,根本没有生意,于是那个伙计也说要去亲戚家吃饭,来了个脚底抹油,店里只剩了朱先生一个人。

偏在这时候,两个年轻人抬着一个老太婆进了当铺,其中一个年轻人说:"喂,这是我们的老娘,当了!"

朱先生细细一看,不觉倒吸了一口冷气,只见那老太婆面黄肌瘦,病得只剩一口气,连话都说不清了,怎么能当呢? 他想回绝,却又记起了老板的交待,一时不知怎么办才好了。

那两个年轻人见他犹豫不决,就说:"你放心,她一时半会死不了,再说,我们只当五两银子,明天就来赎回去,让她求医吃药。"

听了这些话,朱先生一咬牙,便收下了。

这开市头一笔生意是做成了,可到晚上,老板和伙计的脸都拉得老长。你想想,一个病人,吃喝拉撒,该有多难侍候,该有多烦! 而且第二天那两个年轻人没有来赎,第三天、第四天还是不见有人上门。直到第五天,老板说话了:"朱先生,那老太婆的赎当期已过,干脆,你把她背走,扔进凉亭里算了。"

老板发话,朱先生哪敢怠慢,只得背起老太婆往外走。

一路上,老太婆趴在朱先生肩上,"嗯呀啊"的不停地叫唤,朱先生心里想:把这样一个病人丢进凉亭,不是送她的命吗? 这种没良心的事做不得。于是,他当即改变主意,将老太婆背回自己家里,进门就对老伴说:"快准备床铺,我把客人请回来啦。"他把事情的经过详详细细说了一遍,说得老伴满口答应,将这个素不相识的病老太婆接受下来,还为她延医服药,让她吃香喝辣,给予精心照顾。

说来也怪,那老太婆在朱先生夫妻俩的照料下,身体一天天好起来,不但能下床走动,还能帮助干些家务活。这让朱先生十分高兴,他对老太婆说:"你离家已快三个月了,也不见你儿子来看你。你告诉我,家住哪里,我可通知你儿子来接你回去。"

他这么一说,老太婆竟哭了起来,说:"我没有家,是个靠讨饭度日的苦命人。三个月前,我病倒在破庙里等死,谁知那天来了两个人,把我抬到当铺里当了,多亏你朱先生心好,救了我的命。你们要是不嫌弃,就不要赶我走,我做牛做马也要报答你们的恩情。"说完跪倒在地上,一个劲地磕头。

朱先生急忙扶起她说:"别这样,别这样,既然如此,你就住在这里,不必做牛做马,也不用报答恩情,咱们就跟姐弟一样,有福同享,有难同当,一道过日子吧。"

就这样,老太婆就在朱先生家住了下来,三个老人相敬如宾,日子过得有滋有味。

让人惊奇的是,从那以后,他们家养的猪都比人家长得快、长得大,养鸡养鸭也特别会下蛋。这一来,朱先生家的生活就一天天好起来了。

转眼又过年了,他们三人吃了丰盛的年夜饭之后,朱先生展纸、磨墨,提笔写了四个大字:良心无价。然后端端正正贴到墙上,进门就能看见。

(吴文昶)

(**题图**:魏忠善)

回家路上

　　刘老二今年五十多岁，一辈子没儿没女，在村里开了个卖烟酒的小铺，独个儿过日子。今儿，他上城里去进货，完事后又帮着东邻西舍买了点毛巾、洗衣粉和两挂鞭炮。就这么七转八转，从城里回来，天已经黑透了。

　　刘老二跳下交通车，眼看着再走二里来长的一段路就到家了，可偏偏这时候突然下起了瓢泼大雨，百十斤重的大包扛在肩上，可把刘老二害苦了。

　　刘老二深一脚、浅一脚好不容易走到了村口，还没来得及喘口气，就听"扑通"一声，人一歪，掉进了路边的一口井里。还好，肩上的大包擦上了井壁，跌得不算重，人没受伤，只是呛了几口水。

　　真是活见鬼了，这井平时是口枯井呀？刘老二在井里急得双脚跳。他摸摸光溜溜的井壁，试着往上攀了几下，可是没用，虽说这口井只有两人来深，可眼下手没处抓，脚使不上劲儿，再怎么拼命也出不去。头上的雨越下越大，井里的水越积越深，实在没办法，刘老二只好直起喉咙大喊："来人哪，救命哪!"可是耳边除了风声雨声，只有他自己的喘息声。

　　咋办？总不能在这里等死呀！望着黑洞洞的井口，刘老二哆嗦着身子，又着急又害怕。身边那个百十斤重的大包挤得他身子站也站不直，刘老二深深叹了口气，可是当他的眼光一落到大包上，心里立刻掠过一阵惊喜：对呀，有办法了！他抖抖索索从包里摸出一个塑料袋，那里头装着他替隔壁狗娃买的两挂小鞭炮。他从上衣口袋里掏出打火机，"啪"把小鞭炮点燃，高高举过头顶，立刻，一阵"噼噼啪啪"的鞭炮声在他头顶响了起来。刘老二心想：这么响的声音，总该有人听到了吧？

　　哎，说也奇怪，这世界上还真有这么巧的事！就在井里的小鞭炮炸响的时候，天上的风也不刮了，雨也不下了，而且还真从村里一颠一颠走出一个人来，左手打着手电筒，右手拽着一根长杆子。

　　这人是来救刘老二的？错也！来人叫马桂花，是个长得壮壮实实的中年女人，她是看着雨停了，出来找她那头大母猪的。其实下大雨之前她已经满村子找过了，没见个影，思来想去，心里就琢磨着会不会掉村头路边的枯井里了。谁知刚走到村头的时候，就听见枯井里传出一阵闷闷的鞭炮声，马桂花这女人胆儿大，她知道这枯井还是那年月"农业学大寨"时，村里男女老幼费了九牛二虎之力挖出的一个没有出水的干窟窿。闲置了这么多年也没出现啥情况，今天会有什么事儿呢？马桂花要想看个究竟，于是就朝井口走去。

　　马桂花走到离井边没几步远时，忽然从井里传出一个沙哑的声音:"救命呀,好心的人呀,快来救救我呀,我是村长田……田大刚呀!快来人呀!"

故事说到这儿,有人要问了:井里明明掉进去的是刘老二,怎么转眼变成村长田大刚啦? 其实,这是刘老二情急之下想出的招儿。刘老二平时在小店里常卖些假酒假烟,群众关系不太好,怕人家不肯救他,所以把自己喊成了田大刚田村长。老村长遇难,村里人总不能见死不救吧?

但让刘老二万万想不到的是,他这一喊,又喊出了世界上的一件巧事:偏偏田大刚是马桂花的仇人,而且马桂花记恨田大刚,就是缘于这口枯井。记得当初这口井挖到一半的时候,井下出了点水,田大刚让一个小青年跳下来帮他一起用水泥把水压住,结果两个人还顾不过来,于是便又叫正站在井旁边的马桂花也下来帮帮忙,可马桂花那天正好身子骨不舒服,便犹像着没动。年轻气盛的田大刚不知内情,一上火嗓门就大了,结果把正站在那里愣神的马桂花吓了一大跳,一个跟头栽到了井里,这一跌就跌断了一条腿。马桂花从此就变成了瘸子,虽说后来照常能走路干活,但她由此对田大刚的恨却一直都忘不了。

此刻,马桂花听到是田大刚的声音,心里的气就不打一处来:哼,活该,你就在里边多待点时候吧!

马桂花别转身子就走。走着走着,忽然听见不远处传来她十分熟悉的"哼哧哼哧"的声音,这不是我家那头大母猪在叫吗? "嘘啰啰、嘘啰啰"马桂花立刻一边直起嗓子吆喝她的宝贝母猪,一边打着手电伸长脖子细瞅。走近了,她突然发现,是老村长田大刚的身影,正赶着她家的母猪往这里走。

马桂花吓了一大跳:"怎么是你?"

田大刚也看到了马桂花,招呼说:"是你家的猪,怎么跑到村东头去了? 幸好我开会回来碰上,快赶回去吧!"

马桂花愣住了:"你……你真是田大刚? 你刚才不是还在枯

井里喊救命吗?"

"你说什么?"田大刚听不懂马桂花在说什么。

马桂花心里一个激灵,立刻明白过来:井里有人遭难了。她也顾不上多说什么,赶紧拉着田大刚说:"快,快救人,有人掉井里了!"

两人很快跑到井边,田大刚拿过马桂花手里的手电筒往井里一照,不得了,真有一个人在水里直挺挺地僵立着,水没到了他的双肩,他已经说不出话来了。

田大刚让马桂花打着手电,自己拽着长竿子下到井里,一看,原来是刘老二。田大刚使出全身力气,使劲儿把刘老二摇醒,让他抓住长竿子,然后叫马桂花在上面拉竿子,他自己用头把刘老二顶出了井口。

回过头来,马桂花又把长竿子伸进井里,叫田大刚赶紧顺着竿子爬上来,可就在这时,只听"轰"的一声,大概是多年的枯井经不起水的浸泡,井壁突然之间坍塌了,就听井下田大刚"啊"地叫了一声,顿时没了声音。

马桂花也顾不得还躺在地上的刘老二了,踮着脚赶紧跑回村里叫人,可等村里人赶来,田大刚早就没救了。

为了救刘老二,田大刚搭上了自己的一条老命!

三天之后,全村的男女老少都来为田大刚送葬。人群中,有两个人哭得最伤心,一个是刘老二,另一个就是马桂花。

(张怀德)

(题图:魏忠善)

守门的小男孩

　　王先生住 302 室，这天中午，他听见有人在敲对面 301 室的门。他开门一看，只见一个十三四岁的小男孩站在那里，看穿着，像个乡下人。

　　王先生问："你找谁?"

　　小男孩回过头，怯生生地问："张云龙是住这里吗?"

　　王先生点点头，说："他是住这里，不过出差去了，明天才回来，你不用等了。"

　　小男孩一听，下了楼，可走到院子门口，想了想，又折回来，回到 301 室门口，双手抱腿坐了下来。

　　下午，王先生去上班，一开门，看见小男孩还在 301 室门口坐着，心里一抖，忙回屋把窗户关好，把晾在外面的衣服收回来，这才把门反锁好,一边下楼,一边嘀咕道:"不知道谁又没好彩了。"

原来这幢楼最近闹小偷,有好几家住户被人偷过。于是,楼里其他上上下下的人见了那个陌生的小男孩,也多加了防备。

傍晚,王先生下班回家,见这个小男孩仍坐在 301 室门口。王先生有点生气,提高嗓门说道:"告诉你张云龙出差去了,要明天才回来,你干吗还不走?"

小男孩低着头说:"我不走,我要等他回来。"

"等他回来?那你晚上怎么办?"

"晚上我就在这儿坐着。"

这个小男孩可真是蹊跷!

天渐渐黑了,王先生越想越不放心:小男孩在这里坐一夜,这幢楼就一夜不得安宁,如果是小偷,谁知道他会什么时候下手?

王先生想报警,王太太拦住他说:"如果人家小男孩真是等人呢?你不是冤枉了他?"

王先生想想也是,自己又没有证据,警察凭什么相信男孩是小偷呢?弄得不好,还要遭人报复呢。

王太太倒是个好心人,惦记着小男孩还没吃晚饭,给了他三个面包和两片蚊香,小男孩说声"谢谢",狼吞虎咽地把面包吃了。可这一夜王先生却没睡踏实,生怕小男孩偷了自己家的东西。

第二天早上,小男孩还在,他果然在 301 室门口守了一夜。

直到中午,王先生回家,才发现小男孩不见了。王先生不放心,敲敲 301 室的门,主人张云龙开门出来,原来他已经出差回来了。

王先生探头往屋里张望了一下,然后小声问张云龙:"那个小男孩……见到你了吗?"

张云龙点点头:"见到了。"

"他走了?"

"走了。"

王先生又问:"你家没丢什么东西吧?"

张云龙露出迷惑的神情:"没有呀!你为什么这么问?"

王先生说:"小心点好呀,那个小男孩挺古怪的,是你的亲戚?"

张云龙摇摇头:"不是。"

"是你朋友的小孩?"

"也不是。"

"那——"王先生的好奇心越来越强了,"他怎么会认识你呢?"

张云龙微微一笑,说:"三年前我下乡扶贫时,给过这小男孩二百元钱读书,他们一家人还念着恩。他们村里有个人叫二狗子,我认识,前两天,二狗子说要到城里来向我借点钱花,小男孩家里人怕我不知道二狗子现在是个骗子,大老远地让小男孩从乡下赶来,在这儿守了一天一夜,等我回来告诉我,二狗子是个骗子,叫我千万别借钱给他。"

"哦?"王先生听得愣住了,好半天都没有说出一句话来。

(付秀玲)

(题图:刘斌昆)

楼上的东西掉下来

　　有幢居民楼，三楼何马家装的防盗护网大得出奇，简直就是个小储藏间，防护网超出他家阳台能有一米多，里面种花养鱼，还堆了不少杂物。

　　不过，这防护网的缺点也很明显，一不小心，小东西就能从网眼里掉下去。何马家去年买的一口袋土豆，至少有小半袋就是这样掉下去的，当然它不是一次性掉，而是隔三差五不小心的时候掉。

　　这玩意儿掉下去可不是闹着玩的，要是砸在人头上，身体好的眼睛发直，老弱病残的可就"昏天黑地"了。

　　按说东西掉下去虽不是故意的，可你何马家的人总该给人家赔个不是吧？谁料人家找他们理论，他们一家老小居然会一齐伸出头来,笑眯眯地朝人家喊:"你看到这玩意儿是我们家掉下去的?除非你它作过 DNA 鉴定。嘿嘿,你要有省级以上证明,赔你美金都行!"

碰上何马家这么不讲理的,被砸的人多半是挨了也白挨,没处说去。

要是光掉土豆也罢了,可有的时候比土豆大、比土豆硬的东西也往下掉。

这一天,从上面掉下半块瓷砖,正好砸在一楼老刘头家孙子的头上,开了一个血口子。老刘头到何马家要说法,何马也不吵也不闹,一团和气地就是不认账,反正那瓷砖上也没刻着是谁家的。

何马家不承认,楼上别的几家就成了嫌疑户,谁愿意背这个黑锅?

房老二住在何马家楼下,平时就给何马送过小话,让他把防护网拆了。可何马一句话就把房老二噎回去了:"阳台是我家的,我家的事我做主,除非是公安局把我抓起来!"

这天晚上,房老二又来敲何马家的门,何马一见是房老二,先用话堵他的嘴:"除了拆防护网,其他事你都可以说!"

房老二说话有点结巴:"不、不是防护网的事,出……大事了,那天从咱们这单元掉……掉下去个碗……碗,听说没?"

何马一听跳得丈八高:"砸着人了不是? 那可不是我们家的!"

房老二连连摆手,结结巴巴地告诉何马:掉下去的那个碗是清乾年间的,至少值个千儿八百的,让一楼老刘头拾去了。老刘头是个古董迷,他说若是问清这碗的主儿,他想论价买下来;若是没主,他就白捡了个便宜。

何马一听,心里"别"一跳:房老二说的,不会就是自己家那个青花碗吧? 这碗原来是用来喂鸡的,那还是孩子他姥姥家留下的,家里从来没当个正经东西看。那天晚上他在阳台上翻东西时,不小心把碗碰下去了,听到下面有动静,他怕砸着人找麻烦,就没吭声儿。

想到这儿,何马急着问房老二:"你说的当真?"

房老二点点头。

何马又压低了嗓门问:"当时真没砸着人?"

房老二摇摇头:"没、没砸……"

何马一拍大腿:"行,我这就找他要去!"

何马上街买了一袋水果,提着来到老刘头家,把自己家掉碗的事说了一遍。

老刘头瞧了他一眼,说:"你不是说你家从没往下掉过什么东西?我还是问问别家吧!"

何马一听,眼睛立马就瞪圆了。他勉强笑了笑,说:"我说的是实话,那碗还是我孩子姥姥家的,我有好几个证人能证明这事儿!"

老刘头想了想,说:"我倒是买谁的也是买。可这楼上人多了,今天你说是你家的,我付你钱了,如果明天又来一位说是他家的,我再付钱?"

何马说:"这好说,我给你写下字据,将来有一天真有人证明是他家的,我给你退款不就完了?"

老刘头眨眨眼睛,说是要把房老二叫来做证人,何马一想也是,于是就去把房老二喊了来。之后,何马写字据,老刘头给了他一千块钱。

何马拍拍屁股准备走人。

他刚抬腿,就听老刘头说:"碗钱我付你了,可我该得的钱,你也得有个说法呀!"

何马"腾"地转过身,警惕地问:"你该得什么钱?你是还想要点儿回扣?"

老刘头说："你那碗要不是砸到我家皮皮头上，早碎成一堆了。"

何马一听，转脸问房老二："你不是说没砸着人吗？"

房老二结结巴巴地说："是没、没砸着人，可砸、砸着狗了，皮皮是老刘头家的狗。"

何马还没转过神儿来，老刘头接着说："我家皮皮是我花三千块钱从广州买来的，是纯种的苏格兰牧羊犬，让你那碗一砸，当时这狗就原地转开圈儿了，经医院抢救虽然有效，可成植物狗了。医药费我就不提了，我那三千块钱的本儿，你总得给我吧？"

何马当时就弄了个大红脸，想赖也不行了，有字据在老刘头手里，还有房老二的旁证，这一回他可是输定了，不但一千块没捞成，还贴出去二千块。

有了这次教训，何马铁了心了，从今往后，不管是什么东西掉下去，打死也不认了。他琢磨着：我钱也掏了，亏也吃了，这防护网不但不能拆，还要加大货物量，免得让你们笑我草包。

就这样，何马家的防护网都快见不着太阳了，全让东西给围上了，大伙儿从下面经过，是越发地担心了。

转眼"黄金周"到了，何马也想风光一回，要随团出去旅游。就在出发这天，刚准备上火车，就听到后边有人上气不接下气地在喊什么，何马回头一看，是房老二奔自己来了。

何马心想：准是又来说我家掉什么东西了，这回就是掉金砖我也不能认了。

房老二这结巴的毛病就是不能急，一急，一句话也出不来了。果然，他跑到何马面前，只说清了一句话："我……我可把你找到了！"这之后，他要说的话就结巴成一堆了，"咱家……掉、掉了……"

何马说："别跟我说这些！不管掉什么，掉的都不是我家的东西！"说完，他也不管房老二了，跟着大队人马就上了火车。

何马在车上,房老二在车下,两个人隔着车窗还对峙着呢!

房老二越急越说不出话来,眼看车子要开了,他憋足了浑身的力气,脸胀成了猪肝红,总算蹦出了一句:"是、是我家嫂、嫂子掉下去了!"

火车慢慢开动了,房老二追着火车小跑,何马差点儿笑出声来:"你家嫂子掉下去,和我有什么相干?"

房老二用尽了最后的力气,冲着他直吼:"浑!我家嫂、嫂子还、还不就是你老婆?"

原来,是何马的老婆上防护网里去浇花,连人带网一起掉下去了。可等何马弄明白过来,火车已经飞奔起来,拉着哭成一摊的何马奔向了远方……

（徐　洋）

（**题图**:安玉民）

捡个手机不想给

　　春节前,曾老汉早早地买好了火车票,打算去青岛和女儿一起过年。

　　这天,曾老汉刚上车,就见车厢里早已人满为患,连过道上都站满了乘客。他原想火车停几站,有人下去后就会有座位空出来的,哪知道每个过路站都是熙熙攘攘的人流,下的还没有上的多,再加上自己年纪大了,根本抢不到座位。半天下来,曾老汉腿肚子都快站抽筋了,他实在太累了,就从货架上扯下自己携带的黄挂包,放在过道上,将就着坐了下来。

　　突然,他发现自己身边地上竟躺着一个手机,连忙拾起来大声问道:"喂,这是谁的手机? 谁的手机丢了?"

　　周围的人都凑了过来。

见没人应声,有人就说:"这丢手机的人该不会已经下车了?老爷子,算你运气好,留着自个儿用吧!"

曾老汉呵呵一笑,说:"我倒是想留着,可惜我不会用啊!"

于是又有人说:"老爷子,我给你二百块,卖给我得了!"

曾老汉说:"那怎么成? 这又不是我的东西,万一失主找过来,我怎么向人家交待?"

"那就交给列车员吧,让列车员帮忙找失主。哎,对了,要不再给新闻单位打个电话,让记者来写篇稿子,好好表扬表扬你这个'老雷锋'吧!"

大家正有一搭、没一搭地说着话,前三排座位上的一个小伙子突然睡醒了,只听他嚷嚷起来:"我的手机不见了,谁看见我的手机了? 有小偷,我的手机被人偷了!"

于是大家就指指曾老汉,对小伙子说:"这位老爷子捡了一个手机,没准就是你的吧?"

小伙子听说后连忙挤过来,说:"老头,你手上的手机是我的吧? 快还给我!"

曾老汉把手机朝他扬了扬,乐呵呵地问道:"小伙子,你可看准了,这就是你丢的那个手机吗?"

那年轻人看了一眼手机外形,连忙点头:"没错,是我丢的。这手机我买了还不到三个月,花了三千多块钱呢!"

曾老汉想了想,不由皱起了眉头,说:"不对呀,你离过道这么远,你的手机怎么会跑到我这儿来了呢?"

那年轻人瞟了曾老汉一眼,怪怪地说:"是啊,我也奇怪呢,这手机怎么就跑到你手里了呢?"

其实啊,这手机还真是小伙子丢的。这小伙子年轻力壮,上车不久就占到了一个座位,吃饱喝足后便开始打瞌睡,手机不小心滑落到地上,他也全然不知。由于车上人挤,身边的旅客碰到地上的手机还以为是别人的脚呢,就这样,这个一碰,那个一蹭,竟把手机踢到曾老汉的手边上了。

曾老汉刚想把拾到的手机还给小伙子,可转念一想:不对,万一他要是浑水摸鱼呢? 我可不能这么随便把手机交出去。想到这里,他对小伙子说:"你说手机是你的,那你先报个号,让人家拨一下。铃响了,证明这手机是你的,否则,我要把它交给列车员的。"曾老汉一边说,一边就又把手机藏进了怀里。

丢手机的年轻人见曾老汉把手机藏起来了,还以为他是想占为己有,便显得有些不耐烦:"你捡的真是我的手机,难道我还会冒名顶替不成? 我就纳闷儿了,这前后隔着好几排座位,你又是怎么捡到我这手机的呢?"

曾老汉一听年轻人话中带刺,他的倔劲就上来了:"怎么着? 你还怀疑是我老头子偷了你的手机不成? 就冲你这态度,今天你说不对号码,这手机我决不还你。"

年轻人也来气了,正要发作,旁边就有人劝道:"既然是你的手机,你报个号又有什么关系? 说吧,我替你拨。"

小伙子于是就报出了一串号码。

小伙子话音刚落,曾老汉怀里就响起一阵"扑……咚、扑……咚"的响声。曾老汉吓了一跳:"嗬! 这手机,它怎么放屁啦?"

众人顿时哄堂大笑。

小伙子鼻孔里"哧"了一声:"没见识过吧? 这叫个性铃声! 我说老头,这回你总该把手机还给我了吧?"小伙子说着,就向曾老汉伸出手去。

曾老汉掏出手机正要给小伙子,突然又猛地将手缩了回去,像玩猫抓老鼠游戏一样,让小伙子抓了个空。曾老汉偏着头,歪着脑袋,似笑非笑地问:"年轻人,你就这么把手机拿回去啦?"

小伙子不知道这老头儿又要耍什么花招,他大声嚷嚷道:"老头,就算手机是你捡到的,可你明明已经知道是我的了,为什么还不还给我？你到底想怎么着？"

曾老汉不愠不火，慢条斯理地说："你自己好好想想嘛，你说，我为什么不想还你呢？"

这一下，周围看热闹的人可来了兴致："嘿，这老爷子也真怪，知道是人家的手机了，却不想还给人家，莫不是想问人家要点回扣吧？"

小伙子倒也拎得清，一听周围人这么说，就很爽快地从口袋里掏出五十块钱来，说："老头，你把手机还给我吧，我给你五十块钱！"

曾老汉摇摇头："你刚才还说，这手机值三千多块呢，只掏五十块，怕是小气了点吧？"

小伙子于是又掏出一百块，说："这总可以了吧？"

曾老汉还是摇摇头。

小伙子犹豫了一下，又加上一百块。

曾老汉笑着来了一句："我可不是二百五！"

小伙子恨得咬牙切齿，极不情愿地又加了五十块，说："给你三百块，不少了吧？够你下馆子开一次洋荤的！"

曾老汉这才接过钱，将手机还给了小伙子。

小伙子愤愤地拿了手机，刚要离开，曾老汉突然冲他喊了一声："你站住！"

小伙子一愣，转过身来，充满敌意地看着曾老汉，挑衅地说道："我说老头，你还想诈我呀？没门儿！如今这手机可在我手里了，我要是再多给你一分钱，我就是你孙子！"说完，他抬腿就要走。

不料，曾老汉猛地一把拉住他，把手里的三百块钱塞进他手里，说："大爷我穷是穷了点，但还不至于穷到靠诈人吃饭的地步！"

小伙子不解了，捏着手里的钱，满脸疑惑地望着曾老汉："那你刚才……"

"我刚才嘛,嘿嘿,把手机还给你的时候,是想等你从心里说出一句感谢的话来,可你呢,说话的语气比我还冲,就像讨债似的。再说了,就冲我这一大把年纪,你不叫声'大爷',也该叫个'大叔'呀,怎么就一口一个'老头'的? 我看你也快到结婚生子的年龄了吧,可怎么连这做人最起码的东西都没有学会呢?"

小伙子顿时臊得满脸通红。

围着看热闹的那几个小青年,闻言后也都默不作声了。

过了一会儿,就见那小伙子突然向曾老汉恭恭敬敬地鞠了一个躬,一字一顿地说:"大爷,我谢谢您,给您鞠躬了!"

"哗——"车厢里顿时响起了热烈的掌声。

曾老汉爽朗地笑了。他转身正准备离开,却被那小伙子一把拉住了:"大爷,您别走呀,您肯定站累了,来来来,到这边来,晚辈给您让座了!"

(李如有)

(题图:魏忠善)

买来的阳光

连续下了两天雨之后,太阳乍一出来,明亮得让人的心都亮堂起来。下岗女工何玫拖着一条瘸腿走出书报亭,深深地透了一口气,温暖的阳光照在身上,惬意无比。她突然想到:何不趁现在没有顾客,回家把被子晒一晒?主意一定,于是她把书报亭一关,骑上车子就回了家。

何玫的家在一栋老式住宅楼的顶层,阳台朝北,本来就不怎么见太阳,后来南面一座十几层高的商业楼拔地而起,就索性把她这幢楼的太阳光给遮了个严严实实。所谓晒被子,无非就是把被子拿到阳台上晾一晾。所以何玫本来路上还不错的心情,等走进家门时,就像被阴云遮盖了似的,全没了。

何玫叹声气,抱起被子走到阳台上,突然眼睛被一束强光刺得睁不开来。她用手一遮,朝前一看,发现正对面那户人家的阳台上放着一面镜子,强光就是被这面镜子反射过来的。对面也是一座住宅楼,两楼之间相距只有二十米左右。

何玫心里蓦地升起一股别样的滋味!她记得以前奶奶曾经说起过:如果对谁家有仇,可以照着他家下"镇物",使得他家灾祸不断;在所有镇物中,用镜子照对方,是最厉害的一种。

何玫不迷信,可又不能不疑云顿起。原来去年底,她和十五岁的女儿上街买东西,明明好好在人行道上走着,却冷不丁冲上来一辆轿车,把她们撞倒在地,活泼可爱的女儿永远离开了这个世界,她自己也被撞成了瘸子,原来的工作丢了,只好靠承租书报亭勉强度日。

"也许人家只是偶然把镜子放在那里,是我自己想多了。"这一整天,何玫都在不断宽慰自己。晚上回到家,她冲到阳台上去看,那面镜子果然不见了,她这才放下心来。

可过了一晚,第二天上班,何玫人在书报亭,心里却老觉得心神不宁,那面镜子总在她眼前晃来晃去,她干脆关了书报亭又回了趟家。谁知刚到阳台上,眼睛又被一束强光刺了一下,那面镜子又赫然出现在对面阳台上,不偏不倚正照着她家。

这下何玫意识到:对面人家肯定是故意这么干的,而且说不定早就这么干了,只是自己白天不在家,一直没有察觉,才导致灾难降临。可让她想不明白的是:他们与自己有什么深仇大恨,非要下这么恶毒的镇物呢? 何玫对周围邻居并不怎么熟悉,只知道那儿住的是一对老人,按说他们没有理由这么做啊?

想来想去,何玫决定把这件事先和自己的兄弟何强说说,因为丈夫莫海在城西煤矿干活,离家远,她不愿意去打搅他。她当即给何强打电话,何强一听,说:"这事儿好办,一会儿我就过来。"

半个小时后,何强风风火火地赶来了,手里提着一杆气枪,跑到阳台上二话不说,举起枪瞄准对面那面镜子,"啪"一声就把它打了个粉碎。他回转身来对何玫说:"姐,这下没事了吧?"

到了下午,何玫心里还是不踏实,就又回了趟家。让她吃惊的是,对面阳台上,又重新放了面镜子,还是正对着她家。看来事情不那么简单,何玫急忙又给何强打电话。何强在电话那头跳起来:"姐,你等着,我去帮你打探清楚,他们到底想干什么。"

直到晚上十点多,何强才满脸疲惫地回来,对何玫说:"我打听过了,对面那家是火电厂退休的老工人,平时人缘挺好的,而且最近老两口都住在医院里,已经有半个多月了。奇怪啊,他们与你素不相识,干吗要这么和你捣腾呢? 有什么深仇大恨的?"

何玫也觉得很奇怪,可事实在那里明摆着,不能不信。姐弟俩商量了一会儿,决定明天呆在家里好好看看,弄清楚到底是怎么回事。

何玫一夜都没睡好,好容易天亮了,她没像往常一样出门,而是悄悄躲在房间窗角落里,看着对面。吃过早饭,何强也来了,他说已经给姐夫莫海打了电话,让他回来一下,万一有什么事也好对付。

姐弟俩说话的时候,两个人的眼睛始终都没有离开过对面那户人家的阳台。开始,那里一点动静都没有,好像房间里根本就没有人。一直到九点多,忽然阳台门开了,走出来一个瘦瘦小小、十六七岁模样的小姑娘,只见她拿出一面镜子,对着何玫家这里不住地晃动,直到正好把阳光反射到何玫家阳台上时,才轻轻把镜子放好,满意地笑了笑,转身进了房间。

看着看着,何玫突然想起来了:这小姑娘不是经常到自己书报亭来买报纸、杂志看的吗? 自己好像听人说起过,说她是因为家里穷上不起学,才出来当保姆的。何玫平时很同情她,所以常常只象征性地收她几个钱,甚至有时候还让她坐在书报亭里白看书。自己这么待她,她为什么还要对自己恩将仇报呢?

何玫正想着,何强说:"姐,她会不会出去了? 我到楼下去截住她!"说着,"噔噔噔"就下了楼。

何玫腿脚不灵便,走得慢,等她走到楼下时,何强已经截住了那个小姑娘,正在问她:"谁让你这么干的?"

"是有人让我把镜子照她家的。"小姑娘争辩着。

"到底是谁,快说!"何强不依不饶地追问道。

"是我!"他身后突然响起了一个声音,何强回头一看,竟是刚赶回来的姐夫莫海。

莫海说:"我们讲好的,我每月给她三十元钱,让她每天把阳光反射到咱家阳台上。"

何强不解地问:"姐夫,你这是干什么?"

莫海没有回答,而是指着自家阳台,问走近来的何玫:"咱家阳台上那盆茉莉花开了吗?"

"开了呀!"何玫答道。何玫很喜欢茉莉花,她觉得那清幽幽的花香,能抹去她一天的疲惫和忧愁,所以阳台上那盆茉莉花开后,她每天回家后的第一件事就是要闻闻花香。

本来茉莉开花是很正常的,不过现在被莫海这一问,她忽然觉出了其中的蹊跷:茉莉花属于喜欢阳光的花卉,没有阳光就会枯萎凋零,它居然能在自家没有阳光的阳台上开花,莫非全凭镜子反射过来的太阳光照射?

莫海动情地向何玫解释说:"我知道你喜欢茉莉花,还因此给咱女儿取名莫莉。莫莉走后,你又专门去买来这盆茉莉花,每天对着它发呆。我知道,如果它枯萎了,对你的打击可想而知,于是就想了这个买阳光的法子。我也不知道靠镜子反射过来的阳光管不管用,但还是想试一试……"

何玫怔怔地望着莫海,一时说不住话来。

这时,只听小姑娘惊叫了一声:"哎呀!晚了,该伺候爷爷吃饭了……"

莫海一听,问明了爷爷住哪个医院,便拦了辆出租车,和何玫一起坚持要送小姑娘去医院。在车上,莫海和何玫了解到,小姑娘就是这户人家的小保姆,她非常守信用,每天都坚持按莫海的要求,在阳台上放镜子。后来两个老人都住了院,小姑娘为了不耽误这事,就趁在医院里照顾老人的空隙,跑回来做这事。为了省钱,她连公共汽车都舍不得坐,总是来回跑。

何玫知道了事情的真相之后,非常感动,拉着小姑娘的手连连说:"真是辛苦你了,我们得好好谢谢你!"

"哪里,我还得谢谢你们呢!"

"谢我们?"小姑娘这话让何玫和莫海都有点吃惊。

小姑娘笑着说:"是啊,是啊! 莫叔叔是好人,他对阿姨这么好,就是不给我钱,我也愿意这么做啊,所以我就把他给我的钱都到阿姨的书报亭去买了书报和杂志……"

何玫和莫海听到这里,互相对视了一眼,眼眶湿了。

小姑娘却没有察觉,还在继续说着:"阿姨也是好人啊,像我们当保姆的,经常被人看不起,可阿姨每次见了我都是笑盈盈的,还夸我爱学习,鼓励我要多读书、求上进。她这话就好像阳光一样,我听了心里一直热乎乎的。"

车很快就在医院门口停了下来,莫海和何玫没有急于离去,他们和小姑娘一起来到病房。两个老人惊奇地问他们是小姑娘的什么人,莫海不假思索地说:"我们是她的养父母,要接她回去上学,等你们出院以后,请再聘请一个保姆吧!"

"啊!"小姑娘情不自禁地叫了一声,她随即明白了是怎么回事,脸上不禁泛出幸福的红晕;两个老人知道了详细情况后,也不住地说好。

此时,一缕阳光正好从窗口射进来,照在这一家三口身上,给他们罩上了一层金色的光环……

（郭　选）

（题图:魏忠善）

不寻常的桥

村前有条野马河,河面不宽,上面架着座土桥,每年一到雨季,河上就发洪水,把新修的土桥冲得无影无踪。有人提出集资修座水泥桥,可谁也不愿摊那一大笔钱。

村里的杨老汉就决定自家出钱,在野马河上修座吊桥,他把存折上的一万块钱全支了出来。

老伴劝他:"你呀,别费心思了,这桥就是修好了,也是被大水冲掉,白白浪费钱。"

可杨老汉是九头牛也难拉回的犟脾气,说修桥就真修了起来。

不久,吊桥修好了。

这一天,听说桥上能过人了,大伙都要来走走试试,村长也来了。

　　杨老汉双手一摆,拦住村长和众人,一板一眼地说:"过这桥是要收钱的!除了七十岁以上老人、七岁以下的孩子,其他人不分男女老少,每次过桥收一块钱。"

　　村长一听,脸拉长了:"老杨啊,你修桥是好心,大伙都很感谢你,可我们都是乡里乡亲的,咋能收这个钱呢?你要收钱,还不如不修这个桥。你赚乡亲们的钱,这多没脸啊!"

　　可杨老汉就是守在桥头"一夫当关",他嚷嚷道:"当初说集资修桥,你们都不愿意摊钱,宁愿冒险趟水过河,我和儿子那天到镇上去买药,差点就被两三米高的浪头冲走。现在我出钱修好了桥,你们什么都没做,凭什么要给你们白过桥?"

　　村长拿杨老汉没辙,甩头而去。

　　大伙儿心里也都容不下杨老汉这么收钱,于是都说不走他的桥,让他一分钱也收不到。可话虽这么说,毕竟走桥方便多了,特别是年轻人,也不在乎这一块二块的,于是当天就给杨老汉开了张。

　　过了一阵之后,大家也都习惯了从桥上过往,很少再有人去冒险趟水过河了。

　　可村长和那些村干部还是不习惯过桥掏钱,杨老汉不让他们免费过桥,这让他们觉得很没面子。

　　后来,村长私下里曾经"软里带硬"、"硬里带软"地和杨老汉商量过几回,可杨老汉就是不松口。他说:"这桥是我自家投资的,凭什么不能收费?国家修路不是还设收费站吗?"搞得村长气急败坏地跺着脚说:"这事儿我管不了了!"

　　转眼一年过去,杨老汉的儿子算算过桥费挣了该有两万了,于是就打算去买一台农用车,老爷子守桥,他自己搞小运输,"一条龙"创业。儿子买车杨老汉支持,可他不肯把钱拿出来,他叫儿子自己弄钱去,说那过桥费儿子别想抠一分。

　　儿子心里有了怨气,娘就开导儿子说:"别跟你爹顶牛,他的脾气你又不是不知道。再说,他挣的钱还不都是给你攒着?"儿子想想也是,就只好自己张罗去了。

又过了几年,有一天,村里传出消息,说杨老汉又要修桥了。果然,没过几天,杨家从水利部门请来的修桥队就开进了村里。

大家都叹服,说杨老汉真有经济头脑,这水泥桥一修上,过一辆车少说好收它个五块六块的,这桥不就成老杨家的小银行了?大伙都很后悔:自己怎么就没有这个头脑?

不过也有人牢骚满腹的,担心这下过桥费又要涨了,于是一状告到了乡里。

桥修好那天,大伙又去看热闹,一阵鞭炮响过,乡长带着工商局等相关部门的人马过来了。乡长对杨老汉说:"老杨同志,你修桥为大家谋取方便,值得肯定,但是你私自设摊收费,是违法行为。"

杨老汉听了哈哈一笑,说:"乡长啊,各位乡亲父老,我杨老汉是遵纪守法的人,这些年来收的过桥费,其实就是为了攒起来修今天这座水泥桥,所以,这桥也可以说是大家凑钱修的。不过话要说回来,当初我修吊桥时投下的那一万块,我得一分不少地收回,这样两头一算,还有八百块的差额,我还要再收够八百块过桥费才行。"

杨老汉话一说开,原来是这么回事!这一刻,大家很感动,也很惭愧,心里都在说:要是大伙齐心协力,这座桥早修起来了,哪还用杨老汉受着委屈守好几年桥呢?

那天,大伙有事没事就到桥上走,有人来来回回走了十几趟,那八百块差额钱没到太阳落山就收齐了。从那天开始,村里人终于有了一座属于大家的桥。

（黄守东）

（题图:魏忠善）

忠 肝 义 胆

凡是那不论公私都以道德为上、一心要做出高贵的事来的人，方可算得最可尊崇的人。

管　爷

　　管爷并不姓管,他姓江,大名叫江奎。他的年岁也不大,"宣统"就位那年他才出生。

　　他之所以被称为管爷,是因他有一手绝活儿。什么呢?那就是对北京地下埋着的管道了如指掌,久而久之,被人称做了"爷",并以"管"字打头。

　　有人说了,不就是知道个地下管道吗,这有什么,查查资料不就成了? 这真是站着说话不腰疼。

　　北京城自打清末就有了自来水管线,如再往上数,明朝时就修了污水排泄道。那年月,需要了就挖,挖完了就填土,谁还专门记下来哪儿有什么管子呢? 所以管爷凭这手绝活,在满北京城都有名了。

话说管爷三十三岁那一年,也就是1941年。北平日本宪兵司令部的地下突然冒水了,那水"咕嘟咕嘟"地越冒越欢,没小半天,宪兵司令部就成了水乡。

日本人找来工人,要他们赶快找出出水的地方。工人们在宪兵司令部前后左右到处挖,一天多过去了,满院子被刨得像个筛子,可还是没找到冒水的源头。而那水是不停地冒,大有不淹掉日本司令部不罢休的意思。

有汉奸就对日本人说了,说这事儿得找江奎,江奎一到,水就不冒啦。

日本人将信将疑,心说:江奎就这么牛?

管爷被找了来,他在宪兵司令部大门前一看,就说:"这没别的,是你们缺德,冲了神灵。"

"八格,"日本人一听,抽出军刀就架在了管爷的脖子上,"你的良心大大地坏了,敢骂皇军?"

管爷伸出手,将日本人的军刀拨开,微微一笑,说:"我有几颗脑袋,敢胡说? 你要不信,我走人。"

日本人团团将管爷围住,要他说出一二三四来。

管爷不紧不慢地说:"北平,什么地方? 天子脚下,群龙聚首之地。想当年刘伯温修北京城,锁住了恶龙才得以成功。那恶龙在什么地方,就在北新桥下。"

日本人像是听天方夜谭,忙问管爷:"这个,和冒水什么的关系?"

"关系大啦。"管爷仍是不紧不慢地说,"四年前你们在宛平县开了火,那冤魂的血流进了地下,冲了神灵。神灵怎么能忍受那血腥味,就给你们点颜色看看。"管爷说得神灵活现。

日本头儿一嘀咕,对管爷说:"就依你说的。你说怎么才能把这水止住? 止住了,有赏;止不住,死啦死啦地。"

管爷一乐,说:"好办,你们在这院子的地上跪下,烧香,拜佛,一个时辰后,神灵就能给我指出冒水的地方。"

日本人没辙,只好照管爷说的做,在泥水里齐齐地跪下了一片。

管爷则在一边偷着乐。

一个多时辰过后,他喝足了茶,吸美了烟,才说:"那冒水的地方不在这儿,在宽街那儿呢。"

于是,日本人押着管爷来到宽街。

管爷走到一处,跺跺脚说:"就在这儿,挖吧!"

日本人看看管爷,又看看地面。管爷是一副自信的样子,那地面呢,则是平平整整,别说水了,连地皮都没湿。可是都这时候了,死马当活马医吧,于是就叫民工按管爷的要求开挖。

挖了半天,没见水冒出来,只看到了几根粗粗的铁管子。日本人火了,就要对管爷动武。

这时,一个民工叫起来:"嘿,这儿有开关。"

日本人弯下腰一瞅,果不其然,下面有个旧的大法兰盘。

管爷不紧不慢地命令道:"把这开关给我拧死了。"

管爷又带着一大帮人折回日本宪兵司令部。

这时,地下已经不冒水了,管爷指着一个地点叫人挖,几镢头下去就挖出了管道破裂的地方,足足有半尺多长的一个口子。

这下日本人服了,"唧里哇啦"地说了一通,翻译说:"爷们,你发了。皇军让你去领赏。"

管爷听了,点点头,扭身就走。

翻译喊:"在后院领钱。"

可是管爷像是没听到似的,头也不回地出了宪兵司令部。

但是,管爷还没走出半条街,日本人就追了上来。

管爷心头一紧,看看那尖嘴猴腮样的翻译,问:"怎么,卸磨杀驴?"

那翻译赔着笑脸说:"你看你,哪儿的话,皇军是让你回去喝酒。"

管爷说："我不喝。"

翻译挤挤眼，说："爷们，咱可别敬酒不吃吃罚酒啊。"

管爷看看那些日本兵，知道不去是不行的了，只好调转头。

酒桌上，管爷什么也不说，只是低着头自顾自地大口喝酒，一下子喝下去三斤。

日本宪兵队长筱原拍拍管爷的肩膀，说："你的，大大的朋友。"随即提出让管爷把他知道的北平城地下管线统统交出来。

管爷两眼眯瞪着，装醉，装糊涂。

可筱原不管这个，把脸一抹，立时显出一副凶神的样子，吼道："三天，到时不交，死啦死啦地有！"

筱原派了几个士兵把管爷押回家，然后就在门口看着，怕他一家逃出北京城。

管爷回家后像什么事儿也没有发生似的，该吃吃，该喝喝。但其他时间，要么把自己关在小屋子里，要么就是将妻子和才十几岁的儿子叫到一边轻声地叮嘱着什么，吓得妻子和儿子脸蜡黄蜡黄的。

第三天正午时分，"吱呀"一声，管爷家门一开，他儿子出来了。门口那两个日本兵一看，"刷"地顶上了刺刀。

这时，管爷跟出来，对日本兵点点头，说："皇军，他的，给我买点酒米西米西。我的，好给皇军画图的干活。"

管爷的儿子这时也晃了晃手中拿的瓶子。

两个日本兵互相看了看，收起了刀，在管爷儿子身上搜了一遍，没发现什么特别的东西，就挥挥手，让他走出了胡同。

但是，管爷的儿子这一走，直到天擦黑也没有回来，两个日本兵回过味来，已经来不及了，他们中的一个立刻跑步去向筱原报告。

不一会儿，筱原气势汹汹地带了一队人赶来了，他开口就问："你给皇军的东西呢？"

管爷指指自己的脑袋，说："在这儿呢。"

"呀——"筱原一下子抽出军刀就劈了下来。

管爷一个闪身躲了过去，可他随后便被十几个日本兵死死地按住。

筱原怪叫着："你的，良心大大地坏了坏了的。"说着又挥刀砍了下来。

管爷一闭眼，迎着刀锋就等着死了。

"慢！"突然，有人大喊了一声。

筱原的刀在半空停住了，他一看，从里间屋走出一个颤巍巍的老头。

谁？是管爷的爹江大奎。

江大奎出来，什么也没说，先"扑通"一声给日本人跪下了，然后才说："皇军，我儿子他不懂事，求你们看在我的面子上，饶了他这次吧！"

筱原瞪着眼珠，问："你——什么的干活？"

那翻译已然明白了，就对筱原说："这是他老子，江大奎，听说比他儿子还厉害！"

翻译这话还真没说错，你道管爷这一手绝活哪里来的？都是跟他爹江大奎学来的。

江大奎当年在老佛爷面前挺得宠，于是揽了个肥差，当了皇城里施工的工头。工部局有了事儿，他就招呼一帮人干上了。他是头，自然不用下力气，净等着吃香的、喝辣的，待工程齐活，他还能大把大把地分银子。但江大奎是个有心人，每次施工时，底下的人在哪儿刨开了，他就暗暗地记下了地下面的玩意儿，日久天长竟成了没人能掌握的宝。

但是江大奎是个八旗子弟，浪荡公子哥儿，钱他没少挣，可是他爱抽鸦片，还特别爱往窑子里跑，这德行，你就是铁打的身子骨也不行啊,所以他早早地就垮了,成天地在家猫着,隔三差五地还得点上个烟泡才成。为这个,江大奎的几个儿子、闺女都早早地离开了他,只有管爷是个孝子,将老爹养在家里,供他吃供他喝。

听了翻译的话,筱原的眼里立时放了光,问江大奎:"你的,知道地下的干活?"

江大奎点点头,说:"我打光绪年间就干这个。"他指了指管爷,"他这点东西还是我传给他的。"

"哟西,"筱原笑了,跷起大拇指说:"你的良民大大的,皇军亏待不了你。"

江大奎一劲地点头:"明白明白,我一定让皇军满意。我这就告诉你们,这就告诉你们。"

管爷在一边大声说:"爹,你不能这样!"

"混蛋!"江大奎一跺脚,数落道,"我还不是为了你。日本人那刀是吃素的?人能有几条命,你留着那秘密又有什么用?俗话说,识时务者为俊杰,你懂吗?"

管爷冲他爹吼道:"爹,咱可是中国人哪!"

江大奎直朝管爷瞪圆眼:"中国人就讲孝顺,得听听老人言!咱家就靠你了。"

随后,他冲筱原一哈腰,就说开了:"要说这北平城……"

筱原笑了,示意手下的人记下来。

这时,天已经黑了,昏暗的煤油灯下,什么也看不清,自然记起来也费劲,筱原一歪头,说:"把他们统统带回去!"

就在这时,只见管爷像只飞旋而下的苍鹰似的,以迅雷不及掩耳的速度,"刷"地从筱原的腰间抽出了军刀,筱原没有反应过来,一下子呆住了。

可管爷却没有停下来,只见他挥舞着闪闪发亮的军刀,"呼"地就劈了下去。

"啊!"人们都惊呆了。

可是,管爷的刀没有劈向日本队长筱原,而是朝着江大奎的胸膛刺了进去。

管爷边刺边说:"爹,别怪孩儿不孝。"

这一刀是那么快,那么狠,江大奎还没有来得及喊出声,已经倒在了血泊之中。

几乎同时,十几把军刀齐齐地刺向了管爷……

管爷临死之前从嘴角挤出一丝笑,张了张嘴,想说什么,可终究没有说出来。

直到日本人投降,北平城地下管道的结构他们也没能掌握。

解放后,北京大举建设时,又遇到了地下管线的难题。这时,管爷的儿子出来了,他交给人民政府一张管爷亲自画成的图纸,这是当年他装在那只酒瓶里,从日本人眼皮底下带出来的。

管爷的儿子就住在前门东的打磨厂胡同,离天安门广场只有一箭之遥,人民英雄纪念碑建成后,他时不时地来到广场上,望着纪念碑出神。他知道:自己的父亲管爷不是烈士,可他做了一个中国人应该做的事,他是个大孝子。

(范大宇)

(**题图**:前 中)

老党员米店

姚村盛产优质大米,姚村人开的大米市场特别受欢迎,到这里来买大米的汽车就像跑龙套似的穿梭不息。

然而就在去年,县城来了一帮生意人,领头的叫二癞子。他们一来到大米市场,便树起了一块块大招牌,牌子叫得山响,有的叫"正宗姚村大米",有的叫"特正统姚村大米"等,据说还在县工商局登了记、注了册。

最令姚村人寒心的事还在后头:这帮生意人根本不讲商业道德,卖出来的大米不但缺斤少两,而且还在里面掺沙子。

本地人斗不过他们,只好纷纷收摊回家。

但有一个叫郑癞子的倔老头,却依然守着个门面纹丝不动。不少人劝他说:"算了吧,那帮人和县里有关系,领头的二癞子,舅舅就在县工商局当局长。"

郑瘸子听了,知道这话有来历,也挺有分量。因为二癞子的店就在他的米店隔壁,自己早搬一天,就少一天损失。可郑瘸子就是不信这个邪。

就在第二天,郑瘸子在他的店门前"噼里啪啦"放了一挂炮仗,引来了一群看热闹的人。郑瘸子见人们围上来,便从店里扛出个大牌子竖起来,上面写着:老党员米店。旁边,还用小字注明:党性作保,货真价实。

你甭说,牌子这么一竖,还真灵,立马就有好几个外地的客户进店买米。

几天下来,郑瘸子的生意还真火起来了,隔壁二癞子的米店却没有一个人问津。

这下子二癞子沉不住气了,他把店门一关,立即坐车赶到县城,找到自己的局长舅舅,把情况一五一十说了一通。

局长发火了:"什么? 他挂'老党员米店'的牌子? 这种牌子也是可以乱挂的吗?"

二癞子哭丧着脸说:"可不是嘛! 舅舅,他这牌子一挂,外地车一停,就进他店买米去了,我那店已经有好几天没卖出一袋米了。"

"你回去吧,"局长对外甥二癞子说,"别说是老党员米店,就是列宁米店的牌子,舅也给他摘掉。"

二癞子听舅舅这么一说,心里就像吃了一颗定心丸。他从县里一回来便四下里放风,说他舅说了,郑瘸子这牌子是"兔子的尾巴长不了"。

这下子人们便替郑瘸子担心起来,可郑瘸子却镇静得没事人似的,照样笑呵呵,给人们过秤、收钱。

果然,局长说来就来了,还带了不少人,来势汹汹,前呼后拥的,一到大米市场便直奔老党员米店,咬着牙迸出两个字:

“检查!”

郑瘸子依然笑脸相迎,说:“欢迎,欢迎。”

来人先要看执照,郑瘸子递了过去;后要查健康证,郑瘸子双手呈上;接着又要看米质,郑瘸子将所有米袋都解开了口……

一帮人折腾了半天,竟挑不出一丝一毫的毛病。

局长沉着脸,来到门口,指着老党员的牌子说:“这是怎么回事?老党员的牌子是可以乱挂的吗?”

郑瘸子紧走几步,站到牌子面前,对局长说:“我确实是老党员。”

局长说:“有什么证明?是省委的还是市委的?没有,就得摘掉。”说着就要指挥手下人去摘。

郑瘸子大声喝道:“慢!别说是省委的证明,就是中组部的证明我都有。想看,就看看吧!”老头说着,把上衣一捋,满身的伤疤就都露了出来,“这身上的九个枪眼就是证明。这,是解放战争的;这,是抗美援朝的;这,打济南;这,解放南京……”

围观者一惊,沉默片刻,随即掌声雷动。

这时,郑瘸子又问道:“局长大人,你是党员吗?你的证明呢?”

在人们的哄笑声中,局长及一帮人爬上车,一溜烟跑了……

(苏景义)

(**题图:**黄全昌)

抹不掉的历史

　　张老汉是近两年才搬到城里来的,以前他一直住在乡下,辛辛苦苦地攒了几个钱,便在城里一个叫石院的地方,买了一间旧房子,准备享福了。刚搬去的时候,左邻右舍都觉得奇怪,石院这个地方,交通很不方便,出个门要绕着一堵厚厚的围墙走上半天,从来都只见人搬出去,还没见人想搬进来。可老汉说,他是个在乡下住惯了的人,图个清静,闹市区车水马龙的,会吵得他不安宁,再说他很喜欢那屋后的花园,平时没事了可以养些花、种些草什么的,乐得个悠闲。

　　可张老汉来后就没有闲着,他在外面租了个门市,摆个小摊,卖些报纸杂志之类的,马路上人来人往,生意也挺好。

　　这天傍晚,他收了摊,回到家门口,掏出钥匙正准备开门,突然背后有人叫"张先生",转身一看,叫他的是一个二十来岁的年轻人,正笑容可掬地望着他。他有些奇怪,这个人他并不认识,怎么知道他的姓?可没容得他多想,那青年又开口道:"张先生,我叫小原,是从日本东京来的,今天专程来拜访您老人家。"

张老汉一听,更奇怪了,他只是个卖报纸的乡下老头,在国外又没有什么亲戚朋友的,今天怎么会钻出个人来拜访他。他心里有些疑惑,可人家总归是外宾,千里迢迢的来了,又说得这么客气,他怎敢让人吃闭门羹?连忙开了门,请那青年进屋。

两人进屋后,他端来水果、饮料,然后热情地问:"小原先生,你是不是到这里来找什么人?我可以帮你打听打听。"

小原连忙摇摇头道:"张先生,我今天是专程来拜访您的,求您老人家帮个忙。"说完,他从口袋里拿出一张发黄的照片,递给张先生,"您看看这是什么地方。"

张老汉接过后,看了一会,挠挠头皮:"这个地方……我好像见过。"

小原笑了起来,看看四周:"当然了,先生肯定见过,这照片拍的就是您这屋的花园。"

张老汉惊奇地"哦"了一声,仔细看了看照片,叫了起来:"对对,这就是我屋后的花园,哎呀,你这照片是什么时候拍的,样子跟现在差不多。"

他抬起头来,盯着小原,一副饶有兴趣的样子:"你以前来过中国?"

"不,不,"小原摆摆手,"这照片是 1945 年拍的,那时我还没出世,但我爸爸那时就住在这里,他是个随军记者。"

张老汉一听,惊叫起来:"什么?你说你爸爸以前住过这里,还是个记者?"

小原看着他:"怎么?您不相信?"

"那倒不是,"张老汉摇摇头,"只是以前没听人说起过。"

"这是几十年的事了,知道的人不多。"小原又道,"我爸爸叫大原,您也许听说过。"

张老汉还是一脸茫然的样子,摇了摇头:"你爸爸怎么没跟你一起来?"

"他今年刚去世。"小原说着,眼圈红了。

张老汉神色有些难堪,沉默了几秒钟,又开口道:"你刚才说要我帮什么忙,到底是什么事情?"

"这事跟我爸爸有关。当年这房子还住了个中国人,姓丁,是个日语翻译,他和我爸爸是朋友,两人相处得很好。"

说到这里,小原住了嘴。看着满脸惊奇的张先生,他说:"张先生,您虽然搬到这里没几年,可也是本地人,大概也知道这些事情。"

张老汉想了一下,慢慢地说:"那年头兵荒马乱的,天天都在打仗,我跟人去了外地,许多年后才回来,有些事情不太清楚。不过,这房子以前好像是住过日本人。"

小原脸有些发红,他来中国也很久了,每次在街头听见那些老头说起"日本人"三个字时,口气总是怪怪的,他心里就非常不自然。那场战争的影响,实在太可怕了。

于是,他又继续往下说:"后来那个丁先生离开了这里,临走时送给了我爸爸一把刀。再后来的事,您也知道,1945年的时候,日本兵开始撤退,走时走得急,我爸爸没来得及把刀带走,就把它埋在这屋后的花园里。回国后,他一直没机会来中国,今年去世的时候,才嘱咐我一定要来中国,把刀带回去,和他葬在一起。"

说到这里,小原的声音哽咽起来:"这照片就是他给我的,我已查过了,这房子虽然换了不少主人,可那花园却没怎么动过,我想那东西应该还在。"

张老汉半天都不说话,干咳一声后,才叹道:"想不到这房子还有这么一段故事。"

小原恳切地望着他，说："张先生，我今天就是为这事来的，求您老人家帮个忙，让我把东西带回去，了却我父亲的遗愿。"

张老汉站起来，走了几步，郑重道："这个当然，中国有句古活，叫'物归原主'。来，跟我去看看那个花园。"

两人出了客厅，来到旁边的花园里。小原绕着走了一圈，又拿出照片对照了一会，指着一块地方说："东西肯定就埋在这下面。"

张老汉在一旁问："你准备几时把它挖出来？"

小原性子急，忙说："我既然来了，现在就挖吧，后天我就回国了。"

张老汉并不惊奇，转身进了屋，出来时带了几样挖土的工具："要不要找人来帮忙？"

"不，不。"小原道，"听我爸爸说，他只埋了两米多深，我一个人能行。"说完，他从口袋里摸出一个纸包，"张先生，这里是五千元人民币，算是我的一点心意，也算是这些花草的赔偿费。"

张老汉用手把纸包挡住，淡淡地回道："这个钱我不能要，小原先生，你把它收起来，那些野花野草值不了几个钱。"

小原坚持了一阵，张先生还是不肯收。小原见他态度坚决，便不再相劝，把钱收了，脱了外衣，开始动手挖土。

张老汉没走，也在一旁帮忙。一个小时后，园里挖出一个大土坑，再过了几分钟，只听"当"的一声，铁锹像是碰着了什么金属，小原惊叫起来，跳进土坑，又动手刨了几下，一只铁锈斑斑的箱子终于露了出来。

打开一看，里面果然有把刀，两尺来长，因时间久了，刀身早已积满一层厚厚的铁锈。

小原把刀在石头上磕了几下，提在手里，仔细端详着。张老汉也凑过头来，看了一阵，然后淡淡地说："这把刀很普通啊，没什么稀奇,放在哪儿都是一块废铁。"

小原摇摇头:东西虽不值钱,但情义却很重,我爸是个重感情的人。"

张老汉点了点头,突然指着刀身上的一块地方说:"这里好像有什么字。"

小原看了一下,盯着张老汉:"这是日文,先生您知道它的意思吗?"

张老汉摇摇头:"这字写得歪歪斜斜的,看上去就不像汉字,原来是你们日本的,我怎么会知道它的意思?"

小原望着那行字,神色有些感慨:"这句话按照中国的意思就是说:祝我们的友谊之树长青。"

张老汉沉默了一会,叹道:"看来你爸爸和那个丁先生的关系很好。"

小原点点头:"那当然,所以我爸爸去世前都没忘记这件事。"

说着话,两人便回了屋。小原显然累了,躺在沙发上,闭着眼睛,人一动也不动。

张老汉在旁边用纸袋把刀装了,然后就听"当"的一声,他竟然把纸袋锁进了一个抽屉里。

小原一下子睁开眼睛,从沙发上跳了起来,瞪着张老汉:"你要干什么? 这是我的东西,你怎么把它锁起来了?"

张老汉冷冷地说:"这么容易你就想把它带走?"

"你到底要干什么?"小原瞪着眼睛问道。

"没什么,我是这里的主人,只是想要点保管费。"张老汉面无表情。

说来说去,还是要钱,小原在心里骂了起来:这个中国人真阴险,刚才还假惺惺地不要,现在又突然变卦了。

"哼,要钱好说,你想要多少?"

"二十万，一分不少。"张老汉一口咬定。

"什么？二十万？"小原跳到他的面前，指着他的鼻子怒道，"你也太狠心了，保管费就要二十万，你搬到这里才几年？小心我到你们政府那里去告你。"说完，小原就要去拉抽屉。

张老汉用身体把他挡住，口里威胁着："不要在这里耍横，我这房子四面通风，一叫起来左邻右舍都会听见，小心把你送进公安局。嘿嘿！"

小原有些害怕了，他不想把事情闹大，想了一想，一咬牙："好，二十万我给你，不过今天我没带这么多钱来，明天你才拿得到。"

小原"哼"了一声，怒气冲冲地出了门。

第二天晚上，张老汉正在看电视，突然听见有人敲门，他猜想是小原来了，开门一看，果然不错。

小原一进屋，便摸出一大捆钱，扔在桌上："你好好数数吧！东西呢？"

张老汉摆摆手："不用数。"说完他进了屋，出来时拿着一个纸袋，放在桌上。

小原打开仔细看了一会儿，也不再说话，转身就往外走。

张老汉一把把他拦住："不要急嘛，我还有话要跟你说。"

"是不是还要加二十万？"小原的口气很愤怒。

张老汉并不在意，盯着小原道："你知道我为什么要你的钱？"

小原望着天花板，撇撇嘴道："我怎么知道？也许是你们中国人爱钱。"

张老汉摇摇头："其实，我在替一个人赎罪。"

小原浑身一震，脸色变了，又要往外走。

"坐下。"张老汉口气冷峻起来，用手按着小原的肩膀，眼睛就像是一把刀，"那个人就是你爸爸，你昨天编了一个半真半假的故事。"

小原一下子瘫软了，似乎感觉到自己的背心湿了。

张老汉继续说："你爸爸不叫大原，而是叫吉田，他也不是什么记者，而是一个司令官，而且是一个杀人无数的刽子手。"

张老汉的语气愤怒起来："那把刀也不是什么丁先生送的，它本来就是你爸爸的，当年他就是用这把刀在此地杀了不少中国人。为了炫耀战绩，他还把死在刀下的人数刻在了上面，嘿嘿，一百八十二个人，一百八十二个人啊！你爸爸死的那天晚上恐怕都还在做恶梦。"

小原脸色苍白，手不住地发抖。

张老汉看着他，冷笑道："那刀上有你爸爸的名字，他是不是叫你把刀带回去，免得日后中国人发现了，找他算账？"

小原一句话也说不出来，他感觉到就像是脱光衣服站在大街上。

"东西你可以带走，不过，你要记住，历史是抹不掉的，要说你们日本人当年杀人放火，无恶不作，我就是一个活生生的见证人！这二十万块钱，我分文不要，不过我想交给有关部门，建议修一座碑，让下一代永远记住这段历史！"张老汉愤然站了起来，"我还想告诉你，我就是那个丁先生，当年你爸爸把我家人软禁在这里，逼我给他做翻译，我走在大街上，背后就有人骂我汉奸。"

小原的头终于"嗡"的一下响了……

第三天，小原离开了中国，他什么也没带，带走的只是张先生那句话：历史是抹不掉的。

就在小原上飞机的时候，有人看见张老汉抱着一个铁匣子，出现在城里军事博物馆的门前。

（郝　巍）

（题图：箭　中）

德 厚 流 光

善良的行为有一种好处，就是使人的灵魂变得高尚了，并且使它可以做出更美好的行为。

君子之道

　　鲍宣是汉朝时上党地方的一个官吏,这天,他带着仆人到京城办事,一路上,仆人驾车扬鞭催马赶得很急、正赶着,只见前面有个书生,身穿赭色袍服,头戴书生高帽,走路踉踉跄跄,一看就知是生了重病,鲍宣急令仆人过去扶他上车。谁知仆人还未走到跟前,那书生竟"扑通"一声摔倒在地,鲍宣急忙下车去看,只见书生唇右下方有一颗豆粒大的黑痣,汗流满面,已经昏迷不醒。鲍宣急忙把他平放在地上,解开上衣,亲自给他按摩,可是不一会儿,那书生脸色就由黄变白,心脏跳动越来越微弱。鲍宣平时懂点医道,估计这书生得的是心痛病,也就是现在说的心脏病,他看看不行,正要差仆人去找医生,没想仆人还没开步,书生两眼一翻,脚就直了。

书生从犯病到死去,一句话也没有说,谁也不知道他的姓名和住址。鲍宣解开书生的随身包裹,发现里面有一卷帛书,是清一色的李斯篆体,帛书下面有一红丝绸小包,里面有十块闪闪发光的饼银,每块大约一百两左右,这在当时是为出门携带方便专门烧化而成的。可是翻遍整个小包,就是不见关于书生姓名和地址的任何线索。

仆人说:"老爷,这饼银是上天赐给我们的呀,我们带走吧。"

鲍宣眼一瞪:"一派胡言,我怎么能干这种见不得人的事呢?"

仆人辩解道:"老爷,只要我们自己不说,连神仙也不知道,拿走怕什么!"

"不准胡说。"鲍宣生气了,"君子不做暗事。只有小人,才在人多之时做明事,无人之时做暗事。你难道让我做个无耻的小人吗?"

鲍宣令仆人卖掉一块饼银,买回一口棺材,把书生装殓入棺,又把用剩下的散碎银两和另外九块饼银依旧用红丝绸包好,放在书生的头下面让他枕着,把帛书整整齐齐地放在书生的胸膛上,再把他的双手叠放在帛书上面,扣上棺盖,然后落土下葬,摆上祭品。鲍宣双手举杯,将酒祭奠在地,又燃起纸钱,道:"兄弟,我等有要事上京办理,急切中不能打听到你的住处,假如书生在天有灵,望你的魂魄告诉家人,可再将你迁回老家祖陵。我等就此告辞了。"祭罢,鲍宣便带着仆人又急急往京城赶去。

进得城门,鲍宣只顾观看街两旁的店铺和熙熙攘攘的人流,过了三条街,才发现怎么街上的人都在盯着自己的后面看。鲍宣觉得奇怪,回头一看,才知道自己的车后面跟着一匹马,毛色青白相间,头高昂,腰细长,大大的蹄子,一看就知道是一匹烈性名马,这种马跑起来蹄不着地,蹄下生风,威武得很。一个屠夫模样的人想将马拦住,不料那马一转身,飞起后蹄将屠夫踢倒在地。众人大叫:"这是谁家的马,抓住它!"但是叫归叫,却没有一个人敢上前去拦它。

鲍宣吩咐仆人把车停下。下了车，只见那马赶上前来，很温顺地把头紧紧偎在鲍宣胸前，一会儿又用嘴轻轻地拱鲍宣的腰，前蹄不停地刨地上的土，尾巴不停地甩来甩去。鲍宣心里纳闷：这匹马自己从来没有见过，它怎么和我这么亲近？问了几遍，也没人认领，于是便把它带回驿馆，格外精心地喂养。

这天，鲍宣在京城把公事办完，便骑上这匹青骢马出了京城。他总觉得这样一匹好马不可能没有主人，京城没人认领，说不定会在京郊碰到它的主人，所以他不急着回家，特意带着仆人骑着马出来遛遛。

京郊的景色真是太美了，翠岩叠嶂，流水淙淙，鲍宣他们只顾贪看景色，不知不觉中天黑了下来。鲍宣迷了路，不知道怎么走法，这时，青骢马却突然狂奔起来。鲍宣心里一个激灵：对呀，不是说"老马识途"嘛！于是便任由青骢马自由驰骋起来，仆人也紧紧策马跟着。只见那青骢马过山越沟，左拐右弯，终于走进一处村庄，在一处高宅大院前停了下来。

这处门第并非寻常百姓家，门前有很大一片开阔地，门两旁蹲着两个石狮子，朱红的油漆大门，大门两侧还有边门，高高的台阶，一看就知是官宦人家。鲍宣让仆人敲门，敲了好长时间，大门才"呀"的一声打开，出来一个奴仆，见了青骢马，两只眼睛"咕咕噜噜"地直瞅。那青骢马见了这个奴仆，仰起头"咴咴咴"直叫，两前蹄"啪啪啪"地直刨地。鲍宣脑子一转，说："我等走迷了路，现天已黑，想在贵府借宿一晚。"说罢，让仆人递上自己的名帖。鲍宣心想：马不会无缘无故跑到这儿来，这里究竟有没有名堂，得好好看看。

那奴仆接了名帖，闪进门去，"吱呀"一声又把大门关上了。

奴仆跌跌撞撞地回去禀报："侯爷，大门外来了两个人，骑的就是咱家的青骢马，这伙人肯定是强盗！"说着，就把名帖递了上去。

原来，这是关内侯的宅院。关内侯接过名帖，仔细端量了一番，说："鲍宣在上党是很有名气的官吏，他怎么会偷我的马呢？这其中必有缘故。快请他们进来，酒宴侍候。"

关内侯打开正门，亲自出来迎接，双方见面，少不得寒暄礼节，让至客厅，稍顷，便摆上了酒宴。鲍宣见关内侯慈眉善目，满头银发，不由心中暗生敬意，关内侯看鲍宣落落大方，一脸英气，也颇有好感。席间，关内侯频频劝酒，直到酒过三巡，这才开口道："鲍公，老夫有一事想请教，不知当讲不当讲？"

鲍宣说："侯爷如此款待，有事尽管直讲。"

关内侯说："鲍公，实不相瞒，你骑的这匹青骢马，就是我头几天刚丢失的。只是不明白，这马怎就到了你的手中？"

鲍宣早就想问了，碍着关内侯一个劲地劝酒，没有马上开口，这会儿冲着他这一问，鲍宣便把进城路上遇一书生猝死和城里青骢马相跟的事说了。

谁知鲍宣话音刚落，关内侯脸上已经没了血色，他大哭道："鲍公，那个书生就是我儿子啊！他出门多日，至今未回，我正派人四处打听呢！"一时，关内侯全家痛哭不已。

第二天，关内侯亲自带人随鲍宣到了儿子落葬的地方。打开棺材，只见帛书和银子都在，一切和鲍宣说的一模一样，关内侯伤心之余，打心里佩服鲍宣的人品——即使在谁也不知道的情况下，鲍宣也不做欺心的事。

关内侯令人捧出一盘金子和一盘银子，要送给鲍宣作为酬谢，鲍宣执意不受。关内侯心想：鲍宣这种人，不正是国家需要的栋梁之才吗？于是率领全家上朝，向汉武帝举荐鲍宣。自此，鲍宣官运亨通，名声四处传扬，朝野上下，没有不知道有个人品极好的鲍宣的。

（刘忠山　搜集整理）

（题图：俞耀庭）

三宝成佛

　　唐天宝年间,连年战乱,年轻的壮劳力多被官府抓去当兵,民怨沸腾。

　　此时咸阳城北,有一个宋家庄,庄中宋三宝一家,就只剩下他一个男丁了。宋母和两个寡嫂于是就凑了几两银子,交给三宝,含泪对他说:"你也十七岁了,咱们宋家的香火就指望你了,赶紧活命去吧,走得越远越好,等什么时候战乱平息了再回来!"

　　三宝也知道,自己再待下去,早晚也要上战场,而他从小就爱读书,不善武,要真上了战场,必是一死。临行前夜,大嫂给三宝剃了个光头,又撕烂了他的外衣,希望能就此躲避官兵的眼睛。就这样,三宝含泪告别了母亲和嫂子,一直向西南走去。

　　几个月后,三宝到了四川绵阳一带,此时他一双脚早已溃烂,每走一步,都很艰难。

这日黄昏,三宝来到一个庄子里,只见这里炊烟袅袅,鸡犬之声相闻,许多青壮年男子正扛着锄头从田间劳作归来,嘴里还哼着小曲。三宝知道,他终于逃出了战乱区,这才宽下心来。

他四下打量了一番,发现庄子北面有一座寺庙,庙门上有"明净寺"三个大字,就打算过去投宿。他走到近前,看庙门虚掩着,轻轻叩门,却没人应答,就小心翼翼地推门走了进去,发现寺院虽然看上去有些破旧,但是大殿、偏殿和禅房都还算完整,大殿正中有地藏菩萨的塑像,两侧还有八尊罗汉。可奇怪的是,他在院子里绕了好几圈,竟没有看到一个人影。

此时三宝已经是饥肠辘辘,他来到寺庙的后房,发现这里灶台、柴火、火镰一应俱全,院中有水井,墙角布袋里有杂粮,只是灶台上面有一层薄薄的灰尘,由此可以判断,几天前这里还有人住。三宝顾不了许多,赶紧打水生火煮饭。

这一顿饭是三宝离家以来吃得最饱的一次。吃完饭,三宝来到禅房,发现这里也是被褥齐全,床头案几上还有僧人穿的袈裟。三宝看到这些倒是放心了许多,看样子这里的和尚出去云游了,他于是便脱去身上脏兮兮的烂袍,把干净的袈裟披在身上,又用柜子里的剃刀把自己杂草似的头发剃了个精光,自言自语道:"出家人都是以慈悲为怀,我三宝落难到此,多有冒犯,想必这寺院的和尚改日回来,也能原谅我。"

就在这时,禅房的门开了,进来一个叼着烟袋的老汉。三宝一愣神,不知道该和他说什么好。老汉也愣住了,把披着袈裟的三宝上下打量了一番,说:"终于有和尚来了,那我就放心了。"

三宝听老汉这么说,赶紧给他让座,然后问他庙里的情况。老汉告诉三宝:"我们这里叫陈刘庄,有陈、刘两家大户。我姓孙,叫孙喜奎,是外姓人家。这座庙修了有几十年了,开始的时候香火很盛,和尚也多,后来不知怎么的,出家人都走了,只有上了岁数的惠能长老留在庙里。可没想半月前惠能长老外出化缘时，竟从桥上失足掉到了河里，被水冲走了。惠能长老没了以后，庄子里就让我平时负责看管庙里的东西。你来了，这就好了，庙里哪能没和尚呢！"

三宝看看自己身上的袈裟，又摸摸光溜溜的头，明白了：这老汉把自己当成出家人了！三宝刚想解释，又突然想到：我何不将错就错？干脆就在这庙里当和尚吧，要不自己去哪里安身呢？等老汉走了以后，三宝来到大殿，把所有的事情都向菩萨说明了，自己不是有意欺骗，更不是冒犯佛门，只想有个安身之处。

第二天，三宝不顾脚上的伤痛，起了个大早，把寺庙前庭后院都打扫得干干净净，佛龛上的灰尘也擦去了，庙里又重新点起了香烛。听说明净寺里来了一个小和尚，庄里的娃娃都来看热闹，婆姨们也纷纷来给菩萨上香磕头，往功德箱里捐香火钱。

大约半个月后的一天晚上，庙里忽然来了一个哭哭啼啼的中年妇人，到菩萨跟前跪拜祈祷。三宝一听，原来妇人的丈夫出门多日未归，家中小儿却突然得了病，没钱医治，妇人祈祷菩萨保佑她小儿子转危为安。三宝心里说：孩子有病，那得赶紧想法子看郎中，这可是救命的事啊！他想想自己在这里有吃有住也用不到钱，于是就回到禅房，打开自己从家里带出的包裹，数了数，大约还有三两银子。待那妇人拜完菩萨回家时，三宝悄悄尾随其后，把三两银子放在了那妇人家的窗根下。

两天后，那妇人又来庙里，她是来感谢菩萨赐她银两的，她家小儿的病已经治好了。这一来，明净寺菩萨显灵的消息不胫而走，自此，明净寺的香火更加旺盛了。

又过了些日子，三宝从功德箱里拿出一部分银两，准备到城里买些香烛。路过冲走慧能长老的那条河时，看到河上的木桥确实已经破烂不堪，很是危险。从城里回来，三宝找到当初在庙里见到的孙老汉，打听为什么官府不修桥。

孙老汉说:"官府哪管百姓死活?算上惠能长老,这座破桥上已经有四个人先后落水了。"

三宝又问建一座石桥要多少银子。

孙老汉思忖一下,说:"少说也得一百两!"

三宝想了想,说:"我把寺里的香火钱全拿出来,再想办法化些银两来。你能不能去找一些手艺好的工匠来,尽量省着点,咱们把桥给修了吧?"

孙老汉惊喜地看着三宝,连连点头:"工匠有,有……我这就去说。"

三宝把陈刘庄的两家大户陈员外和刘员外请到庙里,把自己修石桥的想法向他们说了。两位员外深为感动,每人又认捐了五十两银子。数日后,孙老汉从外乡买回了石料,陈刘庄的工匠和青壮年男丁一起上阵,一座非常坚固的石桥很快就在河上架了起来。

三宝把修桥花费的银两账目一一张榜公布,陈刘庄的老少乡亲无不对三宝敬佩无比。三宝心里说:多做些善事吧,希望能弥补我这个假和尚的罪过。

转眼两年过去了,明净寺的香火越来越旺,十里八乡的人都到这个灵验仁慈的庙里来烧香,功德箱里的银两自然也越来越多。三宝也不把这些钱留着,过段时间就拿些出来修桥铺路,或是接济生病的穷庄户。庄里人于是对三宝更是爱戴,粮米瓜果自是不断地送来。

这天晚上,三宝已经在禅房歇下了,院外忽然传来叩门声,三宝出去打开庙门,一下子愣住了:门外站着的竟是一老一少两个和尚!

老和尚向三宝深施一礼道:"我们师徒乃是白马寺的出家人,得知惠能长老已经辞世,方丈派我们到此主持明净寺。"

三宝一听,赶紧说:"二位高僧快快请进!"

　　三宝把两个和尚让进禅房,然后到后院为他们准备斋饭。用饭期间,三宝得知老和尚法号叫"世空",小和尚叫"了尘"。这顿饭吃完了,三宝知道必须对他们说实话了。

　　三宝跪在世空和尚面前,把自己如何从老家逃难出来的经过一五一十地说了出来。世空和尚搀扶起三宝,口中道:"善哉,善哉! 你为避兵乱,流落异乡,虽妄称僧人,但你一心向善,佛祖不会怪罪。若是一心向佛,也可以就在此出家。"世空和尚还告诉三宝,外面的兵乱已经基本平息。

　　三宝摇摇头,说:"我凡念未消,想念家母,更不想让宋家无后,既然战乱已平,我打算回乡了。"

　　第二天一早,三宝踏上了回家的路。走的时候,他从功德箱里拿了三两银子,留下了一张欠据,还给孙老汉和陈、刘两位员外各留下书信一封,述说了实情,请他们和乡亲们原谅。

　　十年后,已经娶妻生子、经商发了财的三宝,带着儿子来到明净寺,先是还自己欠下的三两银子,又捐重金让重修明净寺。了尘告诉三宝,世空长老和孙老汉都已经先后辞世,自己现在正是寺中住持。

　　正说话间,三宝的儿子指着一尊佛像,惊讶地对三宝说:"父亲,这座佛像不是您么?"

　　三宝过去一看,不觉大吃一惊:在众神像当中,竟然有一尊是穿着袈裟的自己!

　　了尘住持对三宝说:"当年您离去后,乡亲们都十分感念您做的善事,更敬佩您的向善仁慈之心,说您虽不懂佛法,但是向善之心可鉴日月,于是便自发给您塑了这座像。"

　　面对自己的塑像,不知不觉中,三宝竟然泪眼婆娑。

(傅　人)

(题图:黄全昌)

玄壶的药引

　　元末明初，由于连年战乱和洪涝灾害，平江府流行一种疫病，人要是感染了此病，先是腹胀，然后全身浮肿，不几日就面目焦黑而死。

　　平江府有家老字号药铺"益仁堂"，老板钱益仁算得上是医术超群。时逢疫病流行，钱老板自然忙着巡医下药，给人治病。无奈这次疫病症状奇怪，蔓延极快，钱老板的药方并无多大疗效，更让钱老板心急如焚的是，他的宝贝女儿也染上了疫病，看来已经无药可治了。

　　这天黄昏，钱益仁正坐在药铺里犯愁，从门外进来一个和尚。和尚的穿戴还算齐整，可一条腿瘸着，膝盖处包着厚厚的破布，和尚一瘸一拐地走到钱益仁面前，双手合十施礼道："小僧玄壶,听说平江府疫病流行,特地千里而来,想解除百姓一点疾苦。可惜来时行动不便,未曾带得药来,所以就想在贵铺找间房子,借贵铺的药物,施药救人。"

钱益仁见这和尚话虽说得轻描淡写,神情却十分凝重,像是个高人圣手的样子,于是赶紧将和尚让到了屋内,说:"不瞒师父,小女如今也染上了这疫病,命在旦夕,还求师父施药搭救。"

玄壶和尚道:"我来平江原本就是济世救人,并不分彼此厚薄,那就从令嫒开始吧。"

玄壶和尚从药铺里取出了一些药,又向钱益仁讨了煎药的用具,独自到后房煎药去了。当天晚上,钱益仁把煎好的药端给女儿喝下,神得很,第二天早上,钱益仁的女儿真的好了!

钱益仁感激万分,拿出五十两银子酬谢。

玄壶和尚摇手道:"施主差矣,我来平江就是为了治病救人,出家人要银子何用?钱老板要是有心相助,我想借贵铺柴房一间,在此煎药救人。"

钱益仁道:"这个何难,空房家中有的是,药么,从柜上取就是了。"

就这样,玄壶和尚在益仁堂住了下来,夜间煎药,白天到益仁堂前施药救人。每天晚上,他都会放一把碎银子在柜上,伙计一点,不多不少,恰好是他所用药材的本钱。

由于玄壶和尚的药方十分神奇,几乎是药到病除,名声很快传了出去,前来求医的人把益仁堂挤得水泄不通。和尚煎药施药,忙得两眼通红,连腿都似乎瘸得更厉害了。

再说老板钱益仁,一开始因为感激玄壶和尚救了他女儿,爽快地答应了和尚的要求,可日子久了,看到玄壶和尚每天都只收药的本钱,就有点心疼银子了,于是他开始打起了药方的主意。

一次谈话间,钱益仁试探着说:"师父果然是世外高人,不知用的是什么灵丹妙药,如此神奇?"

玄壶和尚微微一笑，说："药方倒并不神秘，只怕施主学不来啊。"

钱益仁还不甘心，又说："师父整夜这样煎药，太辛苦了，我想叫几个伙计给您帮忙，也算尽点绵薄之力。"

玄壶和尚也不多说，只是坚决辞谢了。钱益仁想想玄壶和尚每次煎药都把门窗关得严严实实，连药渣都处理得干干净净，知道他防着自己，也不好再多说了。

钱益仁看明的不行，就想起了暗着。他吩咐伙计，每次玄壶和尚从铺里取了什么药，一钱一毫全部详细记下，然后又派人装成急诊病人，夜间求医，躺在柴房里面偷看和尚煎药。很快，钱益仁把药方中的药物、剂量，都搞了个清清楚楚。

药方到手，钱益仁起了歹心，他知道只有把玄壶和尚干掉，独占药方，才能卖药发财，于是一不做、二不休，买通了一个地痞，趁玄壶和尚晚上煎药的时候冲进房间，用刀将玄壶和尚捅伤。

歹徒逃走后，钱益仁假装闻讯赶来，要为玄壶和尚治伤。

玄壶和尚摇头道："不必救治了，我原本大限将尽，我死后，钱施主要继续施药救人，万万不可趁人之危收昧心钱发财。记住：药方是半夏三钱、黄连……"玄壶和尚来不及说完，就断了气。

钱益仁"嘿嘿"一笑，心想：不用你说，药方我早就到手了，你放心，我会继续用好这个药方的！

钱益仁为玄壶和尚举行了盛大的葬礼，四里八乡的百姓听说，纷纷前来送葬，哭声动天。

葬礼办完以后，钱益仁立刻照方抓药，煎了药汤到外面高价出售。人们虽然不满，但救命要紧，只好掏银子买回去。

奇怪的是，钱益仁的药汤竟一点疗效也没有，慢慢地，无人再来买钱益仁的药汤了。

钱益仁百思不得其解：难道玄壶和尚知道自己的心思，自己搞到的药方是假的？

几年以后,疫病终于过去了。

一天,一位长须老僧来到益仁堂寻访玄壶和尚,钱益仁说:"是曾有一位玄壶师父住在本堂施药救人,深得百姓爱戴,谁知却被歹徒持刀杀害,令人痛惜啊。师父临终留下一药方,只是我按方煎了药,却不管事。"钱益仁把药方拿出来,递给老僧。

老僧看了以后,叹口气说:"药方并无差错,只是缺了药引。"

钱益仁早想解开这个谜,赶紧问:"什么药引?"

老僧道:"施主有所不知,这个瘸腿的玄壶和尚,原是我的徒弟,几年前,疫病流行,他不听我劝,偷了我的药方来平江救人。这药方中的药引必须是施药之人膝盖上的一块皮肉,用别人别物代替都不灵验,这药引看似一块皮肉,实是舍己救人的医德啊。现在疫病已过,告诉施主也无妨了,施主缺的正是这个药引。"

听罢这些话,钱益仁羞愧难当。从此以后,他施药救人,都只收本钱,再不贪利。

(杜爱斌)

(题图:黄全昌)

雨夜遇劫

　　林子是一个采购员，这天带了五万元现金到郊县一个乡办小厂购货，谁知厂长不在，他只好带着钱到县城住一宿，准备第二天再说。

　　林子进城的时候天已经黑了，还下着大雨，走在寂静的街道上，林子有点胆战心惊——人生地不熟，万一遇上拦路抢劫的怎么办？

　　林子这样想着，不由往后看。这一看不要紧，只见身后果真跟上来一个穿着黑色长雨衣的大个子。林子的头皮像炸了一下，心里暗叫：糟了！他捂了捂怀里装钱的黑提包，加快了脚步，可身后的大个子也加快了脚步，离他越来越近。林子这时再不觉得冷了，反而吓出一身汗，把衬衫都湿透了。

到了前面十字路口，林子拐进一条比较宽阔的街道。他一眼看见前面还有个行人，顿时像见到救星一样，连忙迈开大步追了上去。

谁知，就在这当口，突然从岔路上飞来一辆小车，不知是来不及躲避，还是根本没有看见前面那人，冲着他一头就撞了上去，随着一声惨叫，那人倒下了。

林子看得魂灵出窍，连声音都跑调了，他大叫："压人了！压人了！"可那小车只停了一下，就开得一溜烟不见了踪影。

林子急忙跑上前，抱住那个人，只见他已经昏迷过去，脸上、头上全是血。

林子扯着嗓子大喊："救命啊！救命啊！"可是大街上没有其他人，林子再喊也是白搭。他的伞被风卷跑了，不一会儿，人就成了个落汤鸡。

那个穿雨衣的大个子也停下脚步，远远站着看。

林子知道，再不送医院这个人就会有生命危险。他把那个昏迷的人从雨水中抱起来，回头对穿雨衣的大个子喊："朋友，快来帮个手！救人要紧！"

那大个子一愣，然后跑过来，把那个昏迷的人扶上林子的肩，林子背起就跑。

跑了两步，林子发现自己手腕上的黑提包一晃一晃，特别碍事，又对那大个子说："这包沉，你帮我拿着。"说着，就把包甩给了他。

大个子好像吃了一惊，下意识地接住了包，迟疑了一下，也紧跟着林子跑了起来。

跑出没多远，迎面来了一辆车，林子急忙站在路中间拦。那司机是个好心肠的人，见了这架势，二话没说就让他们上车。

车子很快开到了医院，等伤者被送进急救室，林子长出了一口气，这才有空认真看了眼大个子，伸出手，笑着说："兄弟，谢谢你,我叫林子。"

那人也略带微笑地说:"我叫黑子。"

两双手紧紧握了握。

林子这时才感觉到自己的外衣全湿透了,忙脱下衣服,一边笑着对黑子说:"你猜我开始把你当成什么人呢?"

黑子笑了笑,说:"拦路抢劫的坏人。"

林子惊讶地问:"你咋知道?"

黑子低下头,半天才嗫嚅道:"其实我跟你那么久,就是想抢你提包里的钱。"

林子一愣:"那你怎么没……"

黑子的头低得更低了:"我刚想下手,就发生了这事。我改变主意了。"

林子奇怪地问:"为啥?"

黑子深深地叹了口气。

过了很久,他轻轻地说:"我十二岁那年,妈妈下夜班回家,被车撞了,肇事司机不管她的死活,开着车跑了。我妈在地上躺了一个多小时,不少人围在那里看,就是没人救……我妈死后,爸爸的脾气就变得很坏,常常喝酒,一喝醉就打我。后来,我逃了出来,四处流浪……"说到这里,黑子哽咽得讲不下去了,脸上满是泪水。

林子拍了拍黑子的肩膀,眼圈也不由发红了。

等了很久很久,急救室的门终于开了,林子和黑子赶忙迎上去:"医生,怎么样?"

医生说:"脱离危险了。我们在他身上找到了电话号码,已经通知了他家里人。"

黑子一迭声地对医生说:"太好了! 谢谢你呀,大夫!"

不久,被撞者的家里人来了,林子朝黑子使了个眼色,两个人悄悄离开了医院。

外面雨还没停,林子说:"打车吧,我再走不动了,可把我给累坏了!"说着,一连打了几个喷嚏。

黑子也不吭声,脱下自己的雨衣,递给了林子。

林子披上雨衣,感激地朝他笑了笑,猛地瞥见黑子腰里别着一把寒光闪闪的匕首,不由"啊"了一声。

黑子一愣,随后明白过来,伸手解下匕首,不好意思地笑着说:"这把匕首,我再也用不着了。"说完,随手一扬,那匕首"咚"的一声落进塘里去了。

这时,一辆亮着灼眼灯光的"的士"来了,两人一起上了车,消失在雨幕中……

（阿　健）

（**题图**：杨宏富）

你的裸体真美

　　兰花是大别山里的女孩,性子野,胆子也大,十三岁那年,兰花活捉过一只半大的小野猪。不过,你别以为兰花只是个风风火火的假小子,她鬼机灵着呢,还到山外的高中读了两年书,是山村里为数不多的知识分子哩。

　　可家里穷,兰花只能辍学了,她决定到南方去打工,支撑起摇摇欲坠的家庭来。兰花离开大山前,爹娘千叮咛万嘱咐,要她在城里处处小心,不要上了坏人的当。兰花自信地对爹娘说:"放心吧,你们的女儿可不是个随便上坏人当的傻大姐。"

　　兰花拾掇了简单的行李,又向村里的同伴们借了二百块钱,跟爹娘道个别,坐上火车,到杭州打天下去了。

　　下了火车,兰花在心里喊了声:"杭州,我来了。"可她的手指碰到腰包时,就傻了——这个她魂牵梦萦的大城市给了她一个"下马威"——口袋里揣着的二百块"创业启动资金",被小偷偷了个一分不剩。

夜幕降临了,兰花徘徊在灯红酒绿的街头,可哪里是她的栖息之地呢?

就在兰花走投无路的时候,对面走过来一个高个子的年轻人,他似乎注意兰花很久了,说:"这位小姐,如果我没猜错的话,你肯定是遇到了麻烦,现在连住旅店的钱都没有了吧?"

兰花一惊,警觉地看着年轻人,心里想:或许就是这个坏小子偷了自己的钱包,现在来装好人,想捉弄自己呢。兰花没有理睬年轻人,自顾一个劲地往前走着。

没想到,年轻人抢到兰花的前面,说:"小姐,如果你不介意的话,到我家住一晚吧。"望着兰花皱眉的模样,他赶紧解释:"小姐,我没有别的意思,你可以和我的女朋友住在一起的。"

听到这话,兰花停下脚步,望着年轻人,心里犯犹豫了。

年轻人一脸温和的笑容,说:"我保证,没有人会伤害你的。"

兰花想了想,终于下了决心,向年轻人点了点头,说了声"谢谢",跟年轻人来到他的家里。

可进了屋子,兰花就发现上了年轻人的当了,这是一间典型的单人宿舍,狭小的房间,简单的家具,年轻人所说的女朋友连个影子也没有。已经到了这个份上,兰花不准备退缩。她相信自己能对付半人高的野猪,也能对付这个心怀叵测的年轻人。

年轻人尴尬地笑着,说:"对不起,小姐,我要是不说我有女朋友,你怎么会跟我到这里来呢?但请你相信我,我是不会伤害你的,晚上你睡我的床,我在沙发上窝一晚没事的。"

兰花的心里冷笑着,她的大脑飞速地筛选着应对的策略。

年轻人帮兰花把行李放好,转过身去,给兰花倒了一杯凉开水,说:"渴了吧,喝杯水休息休息,我给你弄饭去。"

兰花确实是渴坏了,她端起那杯水就要喝,但她突然想起在报上看的社会新闻,赶紧放下水杯,故作感激地说:"大哥,谢谢你,你真是好心人。"兰花发现桌子上还有一只同样的玻璃杯,便拿过那只玻璃杯,提起水瓶,给年轻人也倒了一杯水,说:"你也喝杯水歇歇吧。"兰花说着话的时候,悄悄地把水瓶放在年轻人的脚后跟处。

年轻人感激地说声"谢谢",端起杯子就要喝水。兰花突然大声地说:"当心,你看你脚后跟那个地方是什么东西?"年轻人被兰花的大呼小叫吓了一大跳,他赶紧放下杯子,低头向脚后跟处看去,就在这一刹那间,兰花迅速地将两只杯子调了包。

年轻人还在寻找着什么,兰花走过来说:"这里有一个水瓶,我怕你踢翻了它。"

年轻人这才抬起头来,一副若有所悟的样子,说:"小姐,你可真是个细心的姑娘啊!"

兰花心里的石头放下了,抓起杯子,"咕咚咕咚"地一口气把满杯的白开水喝下,年轻人也抓起杯子一饮而尽。

兰花坐在那里,安心地等待着故事往下进行。果然来了故事,年轻人突然呆坐在那里不动,吃惊地望着兰花,含糊地说着"你、你",可话到一半,他就一头睡倒在桌子上,不一会儿,便响起了震天的鼾声。兰花乐了:"臭流氓,想算计本姑娘,你还嫩了点。"

兰花将年轻人拖到沙发上摆平,然后哼着快乐的小调忙活起来。她先煮了碗方便面,安慰一下自己早已"咕咕"抗议的肚皮,随后又痛痛快快地洗了个澡。从洗澡间出来时,兰花看见小屋的墙壁上有一面落地长镜,在家乡的时候,兰花还从没见过这么大的镜子呢。兰花见年轻人睡得像头死猪,干脆站在镜子前,欣赏起自己的裸体来,边看边说:"咳!兰花,你这么聪明,又这么漂亮,你肯定会在这座城市里打出一片天下的。"

她欣赏了一会儿,这才穿上内衣,准备舒舒服服地睡上一觉。为了防止年轻人中途醒过来,兰花把年轻人拖到洗澡间里,又用一根木棍把洗澡间的小门抵严实了,这才放心地躺在那狗窝般的小床上,美美地闭上眼睛。

兰花醒来时,发现天已经大亮了,她一骨碌跳起来,眼睛向洗澡间望去。这一看不要紧,兰花的冷汗冒了出来——洗澡间的门大开着,里面已经空无一人!

兰花手忙脚乱地穿好衣服,突然看见沙发上留着一张纸条。她抓过纸条,几行刚劲洒脱的字迹出现在她的眼帘里:

不知名的小姐:

你睡得还好吧?当你看见这张纸条时,我已经在上班的路上了。早饭放在锅里,估计还热乎着,你可放心食用,那里面绝对没有放蒙汗药。如果你愿意住在这里,就把行李放在小屋里,锁上门后,再去找工作。如果你不愿住在这里,请把钥匙交给对面的王大妈。

昨晚的那两杯凉开水,真的只是两杯普通的淡水,那里面没有蒙汗药,我只是配合你演了一场戏,让你好放心睡上一个好觉。再有,那根木棍,是我的女朋友小玫惩罚我的时候使用的工具,这是一根柔软的木棍,我肩膀轻轻一扛,它就一分为二了。我没骗你,我有女朋友,不过她出差去了,我到火车站就是去送她的。

对了,顺便说一句:你的裸体真美。

"臭流氓" 敬启

短短的几行字,可兰花却看了好久。看着看着,她的手颤抖起来,而晶莹的泪水也顺着臊红的脸颊滑落下来。

(杨　格)

(**题图**:魏忠善)

特别的启事

这天早上,电视台广告部的黄主任刚在办公桌前坐下,打门外进来了一个老汉。老汉六十多岁,衣着俭朴,进门就问:"请问,播广告在这里办手续吗?"

黄主任点点头,让老汉坐下,问他:"老伯,你想播什么广告?"

老汉揉了揉通红的眼睛,说:"我要在你们电视上播一个寻人启事。"

黄主任觉得很意外,对老汉说:"播寻人启事? 这可要一大笔钱的啊!"

老汉说:"我知道要花钱,可不播不行啊!"

黄主任说:"那好。那你说说,你要找的人叫什么名字,家住什么地方,和你什么关系,有什么特征。"

老汉说:"我不知道他的名字,也不知道他住在哪里,他和我没什么关系。不过他的特征倒是很明显,左腿还没痊愈,走路一瘸一拐的。"

黄主任听得一头雾水,他给老汉递过一杯茶,说:"老人家,你不要着急,把事情的来龙去脉好好说清楚。"

老汉接过茶,喝了一口,说:"上个星期天,一大早,我一个人出门,走到淮河路口时,突然听到身后有一声惨叫,回头一看,只见一个小伙子被一辆出租车撞倒在地上。我赶紧跑过去,抱起小伙子问他怎么样,可他已经昏过去了,那辆出租车这时候也已经逃得没了影子。我当时想救人要紧,就赶紧拦了一辆车,把小伙子送到医院。医生诊断说,小伙子脑淤血,左腿被撞成粉碎性骨折,必须立即手术,要预交五千块押金。我上哪去联系小伙子家里人呢?幸好兜里正揣着钱,一狠心就替他把这钱先缴了,还在手术单上签了字……"

听到这里,黄主任明白了,他打断老汉的话说:"老人家,你别说了,下面的事我知道了。小伙子终于被抢救过来,他也知道是你救了他的命,但为了躲避这五千块钱的医药费,他给你报了假名字,说了假地址,又趁你不注意的时候偷偷跑了。现在,医院要你承担这笔医药费,所以,你要找到他。"

老汉吃惊地瞪着黄主任:"是啊,他说他叫贾大明,住在什么路什么弄的,可哪有那个地方那个人!咦,可你怎么知道?"

黄主任说:"这样的寻人启事我们播过好几回了。不过老人家,我也实话对你说,播出后的效果并不怎么理想啊!"

老汉说:"不理想也得播,这可是人命关天的大事呢!"

黄主任点点头:"行,既然你主意已定,我们就播。你看启事这么写好不好?"由于播过好几次这样的启事,黄主任心里有底,不用动笔,出口成章:"化名贾大明的小伙子,我好心好意救了你,还为你垫付了五千块医药费,而你却欺骗了我,昧着良心偷偷地溜走。如果你看见这个启事,希望你能良心发现,主动和我联系,否则……"

　　没等黄主任继续往下说,老汉就打断了他的话:"不不不,我可不是要找那小伙子算账的。你想想,人家也是倒霉,这不是飞来横祸吗?再说了,看他那样子,我估计他是从乡下来城里打工的,你没见,他的袜子底都烂满了洞。唉,可怜啊!"

　　老汉这么一说,可把黄主任弄糊涂了:"怎么?你不怪这个没良心的小子?"

　　老汉叹了口气,说:"乍一想,也气他、恨他。可再想想,人家小伙子也有天大的难处啊,跑到城里来打工,钱没挣到,还要家里拿钱来治病,他作难啊!要说怪,头一个就要怪那个肇事司机,可这会儿谁能找到他呢?"

　　黄主任呆呆地望着老汉,问道:"既然你原谅了小伙子,不准备问他要钱,那还花钱播什么寻人启事?"

　　老汉说:"是这么回事。小伙子手术后,头部淤血是好了,可左腿摔断的骨头再也接不上了,医生给他在骨折的地方安了个金属螺丝。别看只是个螺丝,质量好的得好几千呢,可我再也拿不出钱来,只好给他安了一种价格便宜的。今天早上我去医院看他,谁知他已经走了,医生说,他现在的情况还算基本稳定,但有一个问题,给他安在腿上的那个螺丝,使用期只有三年,三年之后它容易与周围组织相溶,弄不好还会有生命危险,所以到时候这个螺丝必须换掉,可他自己还不知道哩!"

　　黄主任听了这才恍然大悟,他敬佩地望着老汉说:"老伯,我弄清楚了,你播广告不是找小伙子要钱,而是要告诉他三年后换腿上那颗螺丝的事,是吗?"

　　老汉连声说:"不错,人命关天的大事,一定要告诉他啊!"

　　黄主任不再说什么了,拿起笔,"刷刷刷"把这意思写了,读给老汉听。老汉满意地说:"就这么说,你可把我心里要说的都说出来了。"说着,他掏出一叠票面大大小小的钞票来,准备付款。

黄主任把老汉的手推了回去,动情地说:"老伯,这则特殊的广告,我们给你免费播。"

老人连声回绝:"使不得,使不得!"

黄主任按着他的手说:"老人家,好事不能让你一个人做,你也得让我们做做雷锋啊!"

老人一听黄主任这么说,"呵呵"笑出了声,这才作罢,高兴地起身告辞。

这时,黄主任突然想到了一个问题:"老伯,那天早上,你怎么会揣着那么多钱出门呢?"

老汉笑笑说:"我老伴半年前去世了,骨灰盒还在火葬场,那天我是想去陵园帮她买个放骨灰盒的位置,以后我去了也能和她做个伴……"老汉一边说着,一边颤颤巍巍地出了门。

黄主任直觉得自己眼窝一阵酸涩,他把老汉送出老远。

当晚,这则特别的寻人启事在黄金时段播出之后,在全市产生了巨大反响,人们议论着,评说着,谴责着,赞叹着,平日里默默无闻的老汉,一下成了大家眼中的新闻人物。

第二天一大早,老汉家里就响起了敲门声。老汉开门一看,门前一个人直挺挺地站在那里,正是那个化名贾大明的小伙子。

小伙子哽咽着说:"大伯,我给你请罪来了。"

老汉赶紧把小伙子拉进屋,关切地问长问短,两个人说得一把鼻涕、一把泪的。

就在这时,又响起了敲门声,老汉走过去开门,看见一个陌生的中年男子站在门口。老汉疑惑地问:"同志,你找谁啊?"

只见那中年男子羞愧地低下头,哽咽了半天,说:"大叔,我对不起你,我不是别人,就是那个逃避责任的肇事司机啊!"

(杨　格)

(**题图**:张　恢)

"二号选手"不打折

　　这天，一个小伙子走进了富丽堂皇的乾隆大酒店。这个小伙子虽然穿的是西服，可是里面的衬衫却是皱皱巴巴的，还很脏，一双手十分粗糙，有的地方还裂开了口子，一看就是个干粗活的打工仔。

　　这小伙子在一楼转了一圈后，直奔二楼的贵宾部，那里可是酒店里最高级的雅座，来的大多是些有钱的主。贵宾部的女服务员于秀丽赶紧迎上去，拦住他说："先生，这里是贵宾部，散客餐厅在一楼。"

　　小伙子看了一眼于秀丽，蹙了蹙眉，说："我就是想去高级雅座吃上一顿饭。"

　　于秀丽撇撇嘴，拉长声音说："到这里用餐，消费标准都是很高的哟。"

小伙子试探着问:"那……最低标准是多少?"

于秀丽想把他吓回去,随口答道:"最少也得一千元。"

小伙子下意识地碰了碰胸前的口袋,迟疑了一下,说:"行,还能行。"他拿过于秀丽手里的菜谱,看了又看,最后狠了狠心说:"给我上药材炖斑豹肉、红烧鹿肉、清炖骆驼峰。"

这可是酒店里的招牌菜,如果都点,要一千二百多元! 这小伙子能吃得起?

看到于秀丽那疑惑的眼光,小伙子"嚓"地从上衣口袋里掏出一沓百元大钞,在于秀丽面前晃了晃:"你看这些,够不够?"

于秀丽看到他袋里有钱,这才放了心。不过她心里挺看不起这小伙子:哼,土老冒,有几个钱就不知道姓啥了! 所以,她通知厨房的时候,悄悄叮嘱了一句:"是'二号选手'!"

"二号选手"是她们酒店的暗语! 因为招牌菜货源很紧俏,所以点这些菜的如果是来尝鲜的外行生客,店里就来个"偷梁换柱"。用猫肉代替豹肉,用驴肉代替鹿肉,至于骆驼峰更绝,用的是母猪的乳房。这样一代替,原本上千元一桌的菜,成本就降到了三百元以内。用老板的话说,像他们这号人,你就是给他们吃真的,他们也不懂。

小伙子选了个7号包间,然后就要下楼,于秀丽一把把他拦住了:"先生,你要去哪里?"

"下去接人。"

"你点的菜都已经下厨了,万一你不回来,那我就惨了,老板要扣我工资的。"

小伙子一听有些生气:"你也太小瞧人了!"他从口袋里抽出几张百元钞票,塞到于秀丽手里,"我付定金,总可以了吧? 势利眼!"他鼻子里"哼"一声,"蹬蹬蹬"下楼去了。

于秀丽冲着小伙子的背影心里暗骂:愣头青,不让你放点血,你就不知道这酒店的门是朝哪开的！按酒店规定,于秀丽可以从客人的消费中提成,像这样的二号选手,因为降了成本,老板给的红包就更多。所以此刻于秀丽生气归生气,可毕竟是碰上了一头"肥羊",她兴奋得把手里的钞票放在嘴边不住地飞吻着。是啊,谁会跟钱有仇呢?

不一会,只见小伙子扶上来一个老太太。老太太穿得很土,手里拄着一根用杨树杈修理出来的拐杖,嘴里还不停地叨唠着:"你这孩子,吃顿饭跑这么好的地方来干啥呀? 咱们又不是啥金贵人!"

小伙子在旁边唯唯诺诺道:"娘,没啥,城里的饭店都这样。"

看在红包的分上,于秀丽还是佯装热情地迎了上去,把老人扶到椅子上坐下,倒茶,铺餐巾。老太太看看于秀丽,咂咂嘴说:"多水灵的姑娘啊,你快歇着吧,我一个老婆子,又不是啥上样的人,让你这样跑来跑去地伺候,倒是不自在了。"然后又自言自语地嘀咕道,"孩子们出来赚钱也不容易呀,才这么大点的小姑娘,要是在爹娘跟前,还不是天天撒娇哭鼻子?"

老太太这话,突然让于秀丽想起了自己老家的爹娘来。她不由重新打量起眼前的这一老一少:无论从哪个角度看,他们的穿着、举止,实在是和这个豪华酒店格格不入啊,莫非是老太太得了绝症,到了医生说的那种想吃啥就给她吃点啥的时候? 如果真是那样,自己对他们实行二号选手方案,岂不是有点太残忍?

想到这里,于秀丽忍不住问:"大娘,你身体还硬朗吧?"

老太太笑着说:"好着呢,乡下人身子骨结实,你别看我快七十的人了,家里那几亩地,还是我种着呢!"

那……是小伙子发了横财? 于秀丽又问:"你儿子最近财运一定不错吧?"

老太太一听,脸上不由闪过一丝愁容,摇头说:"不错啥? 他靠卖苦力挣钱,一个月赚个几百块就算是好的嘞!"

这时,小伙子在于秀丽身后轻轻扯了一把,示意她不要再问了，"秀丽于是便从包房里退了出去。

于秀丽前脚刚走，小伙子后脚就跟了出来，红着脸悄悄对于秀丽说："小姐，一会儿上菜，我娘要问多少钱，你最好哪个菜也别说超过二十元。"

"为什么？"

"要是我娘听说一个菜花那么多钱，她说啥也不会吃的。"

于秀丽不解地说："既然是这样，那你何必非要带你娘到这种地方来消费呢？不如把这钱省下来用在别的地方孝敬她呢！"

小伙子抬起头，脸涨得通红，嘴巴动了动，想说什么，又咽了回去，只是问："行吗？"

于秀丽点点头："那有什么不行的？你就是让我们说一块钱一个菜，我们也会按你吩咐的说。顾客是上帝嘛！"

小伙子一听于秀丽这么说，放了心，说声"谢谢"，就要回进包间。可是忽然，他停住了脚，转过脸，"吭哧"了一会，对于秀丽说："我哥就是在盖这栋楼的时候，不小心从架子上掉下去摔死的。我哥曾经对我说过，有机会他一定要让没见过世面的爹娘到这里来吃一顿。可是这些年，我娶老婆生孩子，处处都要钱，钱一直是紧巴巴的。本来想，爹娘身体都还好着，以后有的是机会，可没想去年爹突然走了，现在就剩我娘，她身子也大不如前了，我真怕有一天……他们可是一辈子都没进过大饭店，就只一次，你们也看不惯吗？"

小伙子这番话，尤其是最后那一句，让于秀丽的心猛地一颤！从农村来的她，何尝没有过这样的想法，这些年来，自己钱没少赚，可这个愿望一直留在梦里。她心头突然涌起一股热流，又有些酸酸的。她抬眼对小伙子说："对不起，对不起，我误解你了。"她心里直后悔自己刚才对小伙子的态度。

忽然，她脑子里产生了一个大胆的想法：不能让小伙子的血汗钱就这样白白糟蹋了！她悄悄对小伙子说："我教你个办法，一会儿经理过来，你就说菜不对味，我想办法说服他，多给你打点折。"

小伙子一听，眼睛瞪得溜圆："那些菜我从来没吃过，愣是说不对味，这不是鸡蛋里挑骨头吗？"

没想到遇上个死葫芦脑袋！于秀丽只得把底抖了出来："就冲你这份孝心，我实话说了吧！那几个菜其实都是冒牌的，这年头哪来那么多豹肉、鹿肉？"

小伙子顿时呆住了，一跺脚："妈的，你们也太损了。"说着，就要找经理。

于秀丽一把拉住他，急得眼泪都下来了："你可别去吵，那样我就惨了。"

小伙子一愣，停住了脚。

于秀丽叹了口气，把小伙子刚才给的那几张百元钞票塞还给他，说："咱们都是打工的，赚钱不容易，你就按我说的去做，我不会骗你！"她一边说，一边就把小伙子推进了包间。

过了一会儿，经理果然笑眯眯地走进了7号包间，问小伙子："先生，菜的味道怎么样？这可都是纯正地道的山货哪！"

于秀丽紧跟在经理后面，此时她已经想好了，只要小伙子开口说不满意，她就可以提醒经理："人家是山里人，是识货的，咱糊弄人家，万一出了漏子，可不得了。"

可谁知小伙子抬起头看了看经理，又看了看吃得正香的老太太，"吭哧"了半天，却说："很好，很好。"还对老太太说："娘，过去只有皇宫里的人才能吃到这个哩！"

只见老太太眯缝起眼睛，夹了一口"清炖骆驼峰"，咂吧咂吧嘴说："皇宫里也吃这个？没怎么好吃啊，怎么有股奶气味？"

小伙子赶紧解释："娘，你不懂，这是驼背上的肉，最有营养了，营养多的肉都这味儿。"

这下可把于秀丽气坏了！经理走后，她把小伙子拽到一边，指着他的鼻子说："你怎么忍心骗你娘啊？"

小伙子的眼神顿时黯淡下来,把头转向窗外,声音有些发颤:"我娘平时舍不得吃舍不得喝,苦了一辈子,我这次来,就是想让她尝尝这些稀罕东西。我实在不忍心告诉她真相啊!"

于秀丽听了险些落下泪来:"这不怪你,都是我的错,我不该让他们给你们上冒牌货。"说完,她急急匆匆跑下楼,找到经理,冲口说:"经理,给7号包间打打折好吗?他们不是有钱人。"

经理很意外:"他们是你朋友?"

于秀丽摇摇头。

"是你熟人?"

于秀丽又摇摇头。

经理奇怪了:"那你为什么替一个陌生人这么卖力呢?你红包不要了?"

"因为他是个孝子,我们不能昧着良心,赚孝心的钱。我那份提成不要了,请你高抬贵手,多给他们打点折吧。"于秀丽再也憋不住,把事情一五一十都说了。

经理听完,眼圈也有点发红。他沉默了一会儿,然后拿起笔,在一张纸条上写了几个字,把纸条递给于秀丽。于秀丽一看,高兴得差点蹦起来,纸条上写的是:7号,免费。她说了声"谢谢经理",直奔上楼。

可是当她来到7号包间的时候,小伙子和老太太已经走了,桌上放着一千二百元钱,还有一张纸条:不知名的小姐,谢谢你了,你是个好心人,我不想让你为难。我既然请娘来吃饭,就掏得出钱来。孝心不能打折!不管菜是真是假,只要我娘吃得高兴,我就知足了。

于秀丽手里捏着这张纸条,心里不住地颤动。从此,她再也没有执行过二号选手方案!

(肖　冰)

(题图:箭　中)

www.ingramcontent.com/pod-product-compliance
Lightning Source LLC
Chambersburg PA
CBHW060828120626
46557CB00001B/414